AF320524

Normandie connexion

Le trafic du calva

À Jacqueline A. pour sa contribution.

Conception et réalisation graphique : Geneviève Bellissard

Image de couverture : alambic à colonnes © Wikipedia
CC BY-SA 4.0 / Julien Boisard / Calvados Garnier

© ANEPIGRAPHE EDITIONS, 2023
anepigraphe-editions.fr — contact@anepigraphe-editions.fr
45 rue de Bretagne, 61000 Alençon

ISBN 978-2-9590209-0-2

Marie-France Comte

Normandie
connexion

Le trafic du calva

roman

Nouvelle édition, revue et augmentée

LISTE DES NOMS DE LIEUX CITÉS

Régions

Haute et Basse-Normandie, Touraine.

Départements

Calvados - Manche - Mayenne - Orne - Sarthe.

Pays

Pays d'Auge - Pays de Pail - Domfrontais -
Forêt des Andaines - L'Avranchain - Le Perche -
Vallée de l'Orne - Vallée de la Vie.

Communes du Calvados

Deauville - Lisieux - Trouville.

Communes de la Manche

Avranches - Barenton.

Communes de l'Orne et lieux-dits

Alençon - Almenèche - Argentan -
Bagnoles-de-l'Orne - Bourg-Saint-Léonard -
Domfront - Étrigé - Geneslé - La Cochère -
La Saucerre - Médavy - Messei - Perrou -
Saint-Céneri - Saint-Fraimbault -
Saint-Mars-d'Égrenne - Saint-Roch-sur-Égrenne -
Sept-Forges - Vimoutiers.

Autres communes

Elbeuf - Évreux - Le Havre - Le Mans - Rouen -
New York - La Nouvelle-Orléans.

Préface

Les lecteurs et les acteurs de la filière de production du Calvados, m'interrogent souvent, sur les circonstances qui m'ont amenée à écrire ce roman, largement documenté.

Alors qu'une nouvelle édition se profile, j'ai accepté de vous livrer les derniers rebondissements qui sont advenus, depuis la première parution.

J'ai également ajouté une postface.

Je tiens à réaffirmer mon entier soutien aux producteurs de Calvados. J'en ai rencontré beaucoup, avec lesquels j'ai pu échanger lors des nombreuses conférences, salons, fêtes locales, et séances de dédicaces. La jeune génération d'entrepreneurs se montre passionnée, défend son terroir, la qualité des produits, et préserve son entreprise de toute dérive. La transparence est de mise et c'est fort bien. La page est tournée. Connaître et assumer le passé permet d'avancer.

Pour les néophytes, il faut décrire le fossé abyssal qui sépare les deux produits pourtant issus de mêmes fruits.

Le calva ne doit pas se confondre avec le Calvados, alcool noble, élaboré avec le plus grand soin, selon un savoir-faire authentique, ancestral, produit naturel par excellence, ingrédient indispensable de la gastronomie, qui participe à cet art de vivre à la française, que tant de peuples nous envient.

Le calva, c'est l'ersatz, un alcool médiocre, coupé autant de fois qu'il y a d'intermédiaires, dont on fait un commerce illicite pour échapper aux taxes, défier un peu l'État, et arrondir des fins de mois difficiles, voir pour survivre.

Le calva est au Calvados l'équivalent de la contrefaçon des produits de luxe, une pâle copie qui diffuse dans le corps des degrés d'alcool propre à vous enivrer, mais ne flatte aucunement votre palais.

J'ai assisté à des dégustations, à l'aveugle, et j'ai été impressionnée par la capacité des goûteurs à identifier le terroir et la liste des variétés de pommes entrant dans la composition du produit.

Ce n'est pas un Calvados qu'offre la Normandie mais trois AOC, trois élaborations différentes, trois goûts marqués par les terres sur lesquelles fleurissent les pommiers : le Calvados à l'ère étendue, le Calvados du Pays d'Auge, et celui du Domfrontais, seul à faire entrer des poires dans sa composition.

J'ai salué, en son temps, l'initiative de l'interprofession associée à celle du Club des barmen de Deauville, qui mirent au point des cocktails à base de Calvados, afin de renouveler la consommation d'une manière plus conforme aux attentes de nos contemporains. Les éditions des « Trophées Internationaux des Calvados Nouvelle Vogue », participent à la découverte de cet alcool sous un nouveau jour et rassemblent des candidats venus du monde entier.

Ce livre a tenté, modestement, d'explorer les raisons d'une situation qui ne se résume pas à un folklore local, (loin de là) et qui appartient au passé. Il décrit les conséquences sur l'économie locale, de décisions d'ordre politique, peut-être justifiées, qui amputaient les revenus de fermiers déjà bien démunis, en tout cas pour nombre d'entre eux. Il n'empêche que force reste à la loi. Certains ont bâti leur fortune, ont utilisé le système pour blanchir des revenus pas plus glorieux.

Mon intention, et tous les lecteurs l'ont bien compris, a été de permettre la libération de la parole au sein des familles d'abord (et bien au-delà), de s'expliquer et de se réconcilier.

Ce livre a une dimension mémorielle.

J'ai vécu des moments d'intenses émotions auxquelles je ne m'attendais pas.

Un livre, une fois qu'il est publié, échappe à l'auteur. Celui-là a créé des liens, a permis que perdure la discussion.

Encore merci à tous mes interlocuteurs pour la confiance qu'ils m'ont accordée.

Certains ne sont plus de ce monde. Je n'oublie rien. Ils ont toute mon affection.

Des remerciements particuliers à Pierre-Marie Gautier, qui fut bien plus qu'un éditeur, un homme de grande qualité, qui a pris le risque de se lancer dans cette aventure, aux rebondissements imprévisibles.

Si cette nouvelle édition permet à de nouveaux lecteurs de s'approprier cette histoire, de modifier leur regard, de découvrir la Normandie sous un nouveau jour, j'en serai la plus heureuse.

Marie-France Comte

1

Quelle étrange journée !

Rien ne s'était déroulé comme je l'avais imaginé.

Un courrier avait fait resurgir des souvenirs qui dataient de quelques années.

Une rencontre, à La Nouvelle-Orléans, bien avant que le cyclone ait dévasté la ville, un croisement fortuit, dont on sait qu'il ne durera que le temps d'un feu de paille.

John, mélomane averti, qui m'avait permis de passer quelques bonnes soirées en un lieu pittoresque et sacré, loin de Bourbon Street et des clubs de jazz destinés aux touristes, m'écrivait.

Je délaissai provisoirement les quelques lignes griffonnées. J'étais déconcentrée. Ma mémoire m'éloignait du temps présent et de ma demeure, bien malgré moi. J'entrevoyais la configuration du lieu évoqué, comme si je venais de le quitter. Un vieux garage en activité le jour, temple de jam-session la nuit, peuplé par une bande de privilégiés cosmopolites qui s'entassaient sur des banquettes d'automobiles de récupération, qu'on étalait entre les établis et autres pièces d'outillage.

Je percevais les accords du piano, débarrassé de sa bâche de protection, ceux de la guitare, de la contrebasse, du saxo, les tempos de la batterie. Je vibrais aux improvisations du trompettiste, le kid, le chef de la bande, aux soixante-dix ans bien tassés, au solo un rien poussif, mais tellement présent.

Je nous revoyais, en quête de racines, aux anges, écoutant avec délectation, encourageant par nos applaudissements généreux ces musiciens, hors du temps, qui ne connaîtraient sans doute jamais la gloire médiatique, mais continuaient à swinguer comme tous les soirs de leur vie, rien que pour le bonheur, le leur, le nôtre, objectif dérisoire, décalé, incongru, inapproprié, dans ce monde mercantile.

Plus besoin de quête du bonheur, ils l'avaient trouvé, sans bouger, sans s'agiter, sans turpitude, là, chez eux. L'authenticité, cette chose rare, ils nous l'offraient. C'était un cadeau inestimable et nous le ressentions comme tel.

Après cette courte évasion la réalité reprit le dessus.

~~~

Au fait, John, que me voulait-il ?

Je déchiffrai son message, concis, clair, direct, mais énigmatique. Prendre contact, au plus vite, par mail, telle était sa requête.

Nos premiers échanges par internet furent courts, un jeu de questions-réponses. John m'apprit qu'il travaillait à la rédaction d'un magazine new-yorkais, branché (évidemment), un mélange comme eux seuls savent le faire, mi-art de vivre, mi-investigation. Ce dernier point fut l'objet d'une polémique entre nous, plus tard, surtout quand j'eus la confirmation de mon rôle. Nous finîmes par nous entendre sur les mots. Il fallait plutôt se référer à un reportage hors des sentiers battus que pure investigation.

Comme je protestai en découvrant ses intentions, il tenta de m'amadouer en affirmant qu'il écrirait lui-même, en fonction des éléments que je lui transmettrais. Ni journaliste, encore moins policière, ma collaboration entrerait plutôt dans la catégorie documentaliste.
~~~

Pour la fin de l'année, la rédaction de son magazine préparait une série de reportages sur les alcools dans le monde. Il voulait des informations sur le whisky normand.

Peu au fait des consommations d'alcool, il ne pouvait tomber plus mal en s'adressant à moi ; je lui fis part de mon étonnement.

Le whisky normand ? Je ne connais pas !

Bien sûr que si, me rétorqua-t-il. C'est toi qui m'en as parlé.

Il me fallut un moment pour transposer : ah, oui, le calva, le calvados !…

Je lui proposai de me laisser quelques jours pour des recherches et de lui communiquer les coordonnées d'un spécialiste. Il protesta. La fabrication, la qualité, on connaît plus ou moins, ce qui nous intéresse, c'est la prohibition, on veut faire un parallèle entre la France et l'Amérique.

Rien que ça !

À la lecture de son courriel, je ne pus m'empêcher d'éclater de rire. Ma réponse fut rapide : « pure légende, rien à voir avec ce que vous avez connu… un peu de trafic, ici ou là, pour échapper aux taxes je suppose… et encore, j'écris ça pour l'avoir entendu dire autour de moi… de ma vie je n'ai jamais acheté une bouteille en dehors du circuit commercial normal… des histoires locales… pas de quoi fouetter un chat !

– Je ne comprends pas… pas de quoi… fouetter…

– Une expression française… traduction… rien d'intéressant !

Il ne me lâcha pas pour autant.

Ma cause était perdue d'avance. Plus je m'acharnais à lui démontrer le peu d'intérêt du sujet, plus il me rétorquait que j'affirmais sans savoir.

Au fond il n'avait pas tout à fait tort.

Piquée au vif, c'est bien malgré moi que je me lançai, selon ses propres termes, sur la trace de la « *Normandy connection* ».

2

John, cent fois j'ai regretté d'avoir cédé à tes sollicitations. Tu ne manques pas d'habileté. Tu as su jouer avec ma curiosité. C'est vrai, je l'avoue, j'étais désireuse d'en savoir plus. On ne réside pas plus de vingt-cinq ans en Normandie, sans entendre, un jour ou l'autre, quelques récits d'aventures plus ou moins rocambolesques. Jusqu'à ce jour, je n'y avais guère prêté d'attention. Pour moi ce n'était pas de l'histoire, juste quelques historiettes, enjolivées par la mémoire collective, au fil des ans et des conteurs, qui finissent par faire d'un piètre bonhomme, un héros.

Si je ne t'avais pas conté moi-même que lors de mon premier contact avec la Normandie, je fus obligée, bien malgré moi, de goûter du calvados, je n'en serais peut-être pas là.

Je suis entrée dans un bar. C'était jour de marché à Vimoutiers. Il s'achevait. J'ai commandé un café et je me suis installée à une table. Mes sens étaient sollicités par mille faits. Autant le reconnaître, j'adore observer mes semblables. L'ambiance était chaleureuse. On devinait tout de suite qu'il n'y avait là que des habitués. Plusieurs tables étaient occupées exclusivement par des hommes, plutôt balourds. Leur tenue vestimentaire renseignait sur leur profession : marchand de bestiaux. Un rapide tour du foirail leur avait suffi pour faire leur négoce. Maintenant, ils s'adonnaient à des occupations autrement plus importantes. De la blouse ample dissimulant le corps, seules émergeaient la tête posée sur un cou trop court, ainsi que les mains qui manipulaient avec dextérité de petites pièces de bois. Tels des personnages de Maupassant, ces hommes d'un autre âge jouaient aux dominos. Le perdant paierait les consommations de la matinée.

Tandis que je découvrais mon environnement avec des yeux émerveillés, une serveuse avait posé sur ma table une tasse de café et un sucrier généreux. Machinalement, je portai à mes lèvres le breuvage tout en poursuivant mon observation. Seule ma bonne éducation arrêta ma réaction impulsive. Moi qui m'étais glissée dans cet endroit, avec autant de discrétion que possible, pour tenter de m'y faire oublier et regarder à loisir, je venais de provoquer, par mon geste de répulsion, une hilarité générale.

La serveuse m'apostropha :

– J'aurais dû m'en douter, vous n'êtes pas du coin, vous auriez dû préciser, ici c'est d'office café-calva. Je vais vous le changer !

〜〜

John en raison de ta ténacité, je vais tenter de faire la part de la vérité de celle de la légende. Mais comment procéder ? Comment vérifier ? Comment approcher, pénétrer ce milieu ? Je n'en ai pas la moindre idée.

J'ai beaucoup consulté autour de moi sans révéler mes intentions réelles. Tous m'ont conseillé sans vergogne. Les uns m'ont incitée à la plus grande prudence, ont multiplié les mises en garde. Je courais un danger. J'allais approcher des truands, des gens sans foi ni loi, des mafiosi. Il fallait que j'en prisse conscience. Tenter de les approcher c'était me perdre. Désormais, il me faudrait me protéger, fermer mes volets, rompre avec mes habitudes, faire preuve de vigilance, me taire, m'entourer de gens sûrs…

Les autres m'ont suggéré de procéder autrement, de remonter la filière en m'y glissant. Acheter de la goutte apparaissait un bon moyen de se faire connaître, et alors, avec le temps, la confiance et la sympathie pourraient jouer en ma faveur et les langues se délier. À l'évocation d'une telle perspective, j'imaginais mon propre appartement prenant l'allure de celui d'un receleur professionnel : un cntrepôt aux effluves tenaces, des empilements de bouteilles et de bonbonnes ne trouvant pas preneur. Bien sûr, je pourrais en faire profiter ma famille, mes amis, mais un rapide calcul m'en dissuada. Compte tenu des consommateurs potentiels, les prévisions les plus optimistes ne dépassaient pas les dix litres par an, et encore sans aucune garantie de marché ! Une pareille entreprise commerciale était vouée à l'échec. Ayant été dotée d'un solide bon sens, je réalisai très vite qu'il valait mieux écarter cette solution.

Cette mission, je ne la sentais pas. Je repoussais sans cesse l'échéance du départ sur le terrain. En intellectuelle consciencieuse, j'avais commencé par réunir une documentation. J'avais collecté, feuilleté, lu, annoté… Puis un jour, j'ai franchi le pas, un premier contact téléphonique, un rendez-vous, le véritable début de l'aventure.

〜〜

Je n'aurai pas la rapidité de traitement qui sied au journaliste, par convenance personnelle. Je veux connaître les acteurs, les hommes, les approcher par des chemins différents avant de te donner mon sentiment.

John, je connais ton impatience. Attendre, c'est le prix que tu devras payer pour recueillir ma contribution.

3

Mon premier rendez-vous eut lieu un dimanche après-midi. L'homme me reçut chez lui, simplement, courtoisement, à peine étonné par ma démarche. Nous bavardâmes de choses et d'autres, abordâmes aussi ses activités pour le moins particulières. Bien qu'il me le permît, je n'enregistrai pas notre entretien. Je n'attendais pas de révélation, pas aujourd'hui. Pour le moment, il me jaugeait. Comme à mon habitude, je restai moi-même. Je ne cherchais pas à biaiser, à le contraindre par quelques tours de malice à quelques confidences. J'étais là pour ça. Il le savait. À lui de décider de son attitude, de ce qu'il dirait ou non. Au bout d'un moment que je jugeai convenable pour une première rencontre, je voulus me retirer. À plusieurs reprises, il m'en dissuada, relança la conversation, lâcha des informations comme pour me retenir. J'avais gagné la première manche. Je fus invitée à revenir.

⁓

Tu avais raison, c'est un atout de ne pas être journaliste. Si je l'avais été, je n'aurais probablement pas noué de tels liens. La confiance, que mes interlocuteurs semblent tous m'accorder, m'intrigue. Pour ma part, je n'ai fait aucune promesse, sauf de taire les noms, de traduire autant que possible la seule réalité sans enjoliver des vies qui n'en ont pas besoin. Je n'ai annoncé aucun résultat, aucun aboutissement. Pour l'heure, nos rencontres n'ont d'autre objet que celui de satisfaire ma curiosité. Ils me parlent librement, répondent à mes questions, me montrent des documents, me facilitent les rencontres. Le plus étonnant sans doute, c'est que les deux parties, les adversaires, « les gendarmes et les voleurs » pour faire référence, par facilité, au jeu que nous pratiquions dans notre enfance et qui s'avère on ne peut plus approprié, répondent à mes sollicitations avec la même aisance.

En bonne logique, ils devraient se dresser les uns contre les autres, se mépriser, se vouer une haine réciproque, s'ignorer, se détester, au lieu de ça, ils se parlent, se connaissent, s'estiment chacun dans son rôle. Je t'avoue que plus d'une fois je fus désarmée. Je ne sus que penser. J'avais imaginé que d'emblée, on allait me demander de quel côté je me situerais. Serai-je dans le camp des fraudeurs? Prendrai-je le parti de la loi? Jamais la question ne m'a été posée. Il va de soi que je suis légaliste, dois-je te le préciser? Mais fréquenter les uns, n'implique pas nécessairement de mépriser les autres!

En sortant de mon premier rendez-vous, j'étais perplexe. Louis Giroud m'avait parlé calmement, sans passion excessive, sans vantardise, contant sa vie comme l'aurait fait un agriculteur ou un boulanger. Pourtant, il y avait une sacrée différence, lui, il avait consacré la sienne à un commerce illégal.

Le ton qu'il avait employé sonnait juste. Pourtant était-il sincère, ne cherchait-il pas à m'abuser?

Les mains posées sur la table de la cuisine ne trahissaient aucune agitation. On devinait que cet homme, qui s'appliquait à la modestie, cachait une intelligence vive, une lucidité aiguë, une maîtrise de soi exceptionnelle. Seuls ses yeux pouvaient laisser entrevoir une propension à la ruse.

Au cours de l'entretien, je lui avais dit l'angoisse que j'aurais éprouvée à sa place si j'avais dû exercer ce commerce. Il m'avait alors tenu un discours sur la capacité du gendarme à apprécier psychologiquement une situation. Selon lui, j'aurai pu le faire sans problème, la police ne m'aurait pas soupçonnée. J'avais vu l'heure où il allait me demander de lui rendre service en contrepartie de ses confidences. Avec habileté et promptitude, j'avais détourné la conversation et pris congé.

~~~

Comme j'avais encore du temps devant moi et qu'il m'avait confirmé la validité d'une adresse (une entreprise pas trop regardante sur les règles commerciales), je décidai de tenter une nouvelle fois ma chance. Adoptant la même démarche, je me présentai et dis mes intentions. Mes premiers propos concernèrent l'homme que je venais de quitter. Loin de démentir ma première impression, mes interlocuteurs me dirent combien Louis Giroud était apprécié dans son village et alentour.
~~~

Ils me confirmèrent sa place en tête du hit-parade des fraudeurs, mais me surprirent en le qualifiant d'homme droit, de parole, considéré comme un bienfaiteur. « Sans lui, bien des gens du hameau auraient eu du mal à survivre, ils ont eu recours à lui quand des difficultés se sont présentées dans leur famille ». Cette appréciation m'avait décontenancée. Une sorte d'assistant social !

Sans me le dire vraiment, mes hôtes avaient confirmé que l'homme que je venais de quitter, vivant dans une maison plus que modeste, était fortuné, très fortuné. Rien dans l'apparence ne pouvait le laisser deviner.

〰

Pour la petite histoire, John, il faut que tu saches que mon escapade s'est terminée par un contrôle de la gendarmerie. Hasard ou pas ? Mon véhicule fut le seul immobilisé dans le flot des retours du dimanche soir. Je fus même invitée à ouvrir mon coffre. Curieux !

〰

Mon enquête est volontairement limitée géographiquement. Je ne peux explorer toute la Normandie. D'ailleurs, ce serait inutile. Si le calvados circule encore un peu partout, la production illégale, celle qui nous intéresse, n'est plus concentrée que dans quelques fiefs. Il y a bien longtemps, m'a-t-on assuré, que l'on approvisionne la distribution souterraine du pays d'Auge avec un calva produit dans le Domfrontais.

〜〜〜

Un fin palais décèle les terroirs d'origine, mais cela ne concerne que les grands calvas, ceux qu'on a laissés vieillir, se reposer, se faire, se colorer dans les grands vaisseaux de chêne, durant des décennies. Alors, l'homo sapiens montre son talent. Il fait usage de sa vue, de son odorat, de ses papilles gustatives, de sa mémoire pour dénouer l'histoire des quelques centilitres du liquide ambré. Il analyse et livre son verdict. Pur cidre de pommes ou ajout de poires ? De quel terroir ? Du pays d'Auge ? Du pays de Pail ? Du Perche ? De l'Avranchin ? De la vallée de l'Orne ? De la vallée de la Vie ?

〜〜〜

Inutile de se livrer à une dégustation aussi fine avec une goutte de contrebande. N'évalue pas des années, tu ne trouverais que des semaines, des mois tout au plus. Ne te laisse pas abuser par quelque couleur ambrée, elle est purement artificielle. C'est un alcool sans âme, sans finesse, sans subtilité. Si tu ne cherches dans la consommation d'un calvados qu'une sensation de brûlure intense dans la gorge, alors tu seras comblé.

⌇

Je te l'ai indiqué, je n'ai pas la prétention de rendre compte des pratiques à travers la Normandie. D'abord, parce que la Normandie tel que tu en vois le tracé sur une carte, englobe des régions bien disparates, aux particularités multiples. C'est d'une telle évidence, qu'on a jugé bon d'instaurer une Haute et une Basse-Normandie pendant des décennies. Ne crois pas que la distinction tienne au relief. Ici les évidences sont souvent trompeuses. Basse et Haute régions font traditionnellement référence à bas et hauts revenus. De la Normandie, on dit que seul le climat constitue une identité, mais même ça, ce n'est pas certain.

⌇

31

Regarde la carte, je t'emmène aux confins de la Manche, de la Mayenne, de la Sarthe, dans l'Orne, dans le Domfrontais, au pays de la goutte. N'imagine pas de vastes étendues, ici, le regard ne porte jamais loin, même si le pays est installé sur quelques contreforts du massif Armoricain. Ici, plus qu'ailleurs, la nature et les autochtones jouent de concert. Les collines ne sont là que pour voir venir le visiteur. La ligne droite est bannie. On ne compte pas ses pas, son temps. Les chemins creux, les chemins de traverse, les sentes innombrables, dont l'apparent abandon n'abuse que l'étranger, sont autant de lieux discrets pour circuler sans être vu. Ici, on ne cherche pas à paraître. Ici, on ne bâtit pas sa ferme à la croisée des chemins, mais dans un pré dissimulé par quelques ruptures de terrain. Là, on trouve encore un chemin qu'on croyait carrossable et qui, brusquement, s'interrompt dans un ru qu'aucun pont ne permet de franchir. Pourtant, si on y regarde bien, au-delà, à quelques foulées, un foyer se signale par quelques fumerons. Le gué est là pour dissuader l'importun. Si vous voulez vous risquer jusqu'à chez nous, il vous faudra vous mouiller les pieds. Est-il pays plus accueillant ? Plus accessible ?

Et encore, je te le décris dans ses beaux jours. Ne parlons pas des après-midi hivernales, où le pays est plongé dans les ténèbres. Le ciel et la terre se liguent alors et rivalisent en opacité. L'un déploie ses bataillons de nuages, encre, épais, bas, immobiles, pour repousser toutes tentatives de pénétration des lueurs solaires ; l'autre, usant d'autres armes, accouche de brumes opalescentes métamorphosant pacifiquement tout l'environnement. Dans cet univers surnaturel, les hommes perdent tout repère. S'ils évitent encore, à quelques pas d'eux, un obstacle, cela est dû à la ténacité de leur mémoire, plus qu'à leur acuité visuelle.

〜〜〜

Qu'on ne s'y trompe pas, cette terre, à l'écart des grands flux, silencieuse, immobile, engourdie, cache des hommes aux activités multiples. Ici, celui qui croit agir à l'abri des regards est souvent observé à son insu.

〜〜〜

C'est de cette terre, rude, revêche, ingrate, qu'on dit volontiers inhospitalière, que part la filière normande.

4

Si j'ai pu obtenir des noms, des adresses, prendre contact sans être éconduite, organiser des rendez-vous avec tous ces acteurs de l'ombre, je le dois à Fabien Savignard, ancien responsable de la brigade de contrôle et de recherche de la Direction des impôts.

Il me fit d'emblée confiance et me raconta, en toute simplicité, dans quelles circonstances il avait été amené à occuper ce poste.

∿

« Tout juste diplômé de l'École des impôts, je reçus la confirmation de ma nomination à Alençon, sans émotion particulière. La Normandie, pourquoi pas, au moins j'avais échappé au nord ou à l'est. Deauville, Honfleur, Trouville, le Mont Saint-Michel, sont des lieux qui suscitent des images, Alençon n'évoquait rien.

Mon premier contact avec la cité administrative, lieu de concentration des services de l'État, ne fut pas, non plus, de nature à provoquer quelque enthousiasme.

De longues façades, façon HLM, sans aspérités, sans relief, des couloirs rectilignes, ternes, des bureaux impersonnels, au badigeon gris souris, monochrome et monotone (autant à l'intérieur qu'à l'extérieur). Tout pour vous donner envie de fuir.

Le directeur général m'apporta la seule bonne surprise en m'accueillant et en m'informant qu'il comptait sur moi pour prendre la responsabilité de la brigade, un service actif, un peu en marge des missions traditionnelles dévolues aux services administratifs.

Sans savoir à quoi je m'engageais, je fus volontaire sur-le-champ, je n'entrevoyais alors que la perspective de ne pas me morfondre dans cet univers de béton.

La brigade venait d'être constituée. Son histoire était à écrire. Le travail consistait à traquer les fraudeurs de tous poils, et en particulier, ceux qui se livraient au commerce du calva, sans en acquitter les droits et sans posséder le privilège de bouillir.

Mes collaborateurs, des hommes au demeurant fort sympathiques, étaient en majorité des gens du cru, qui percevaient la situation, disons, en référence à un folklore local. Je ne voyais pas les choses ainsi, et d'emblée, je précisai que je ne ferais pas de sentiment. L'identification et le contrôle des trafiquants sont au nombre de nos missions, nous appliquerons les textes, rien de moins, rien de plus. Je dois avouer que je manquais sérieusement d'expérience. La formation théorique, la connaissance livresque sont évidemment nécessaires pour mener à bien l'instruction des dossiers, mais la compréhension du terrain, la capacité à percevoir les hommes ne sont pas moins essentielles.

Pour user des textes, pour dire la loi, il faut avoir devant soi le contrevenant. Et ça, personne ne vous enseigne comment faire !

Mes collègues, plus aguerris que moi, me conseillèrent, fort justement, de commencer par faire le tour du propriétaire. Nous mîmes à profit les premiers mois pour arpenter le territoire, repérer les lieux, pour tenter de comprendre le fonctionnement du système, pour faire connaissance avec les protagonistes. Les hommes étaient pressés d'en découdre. Il faut savoir donner du temps au temps répétais-je.

Ne voyant rien venir, les trafiquants croyaient se livrer en toute impunité à leur commerce clandestin. De temps en temps, nous mettions en place un barrage, le contrôle était destiné à les abuser. Dès la mise en place, les téléphones fonctionnaient déjà (et l'ère du portable n'était pas advenue) et il fallait vraiment être un couillon, comme on dit dans le Sud, pour aller s'empaler dessus. Mine de rien, nous accumulions des informations. Nos fichiers se constituaient. Nous identifiions le parc des véhicules, nous distinguions les vraies des fausses immatriculations. Nous relevions les parcours. Embranchements, lieux-dits, chemins de traverse et chemins communaux n'avaient plus de secret pour nous ! Tout un travail préparatoire, fastidieux, indispensable, gage de notre efficacité future.

Des échos parvenaient à nos oreilles. Nous imaginions les discussions aux comptoirs des cafés. Les fonctionnaires et leur nouveau chef en étaient la risée, des incapables, si faciles à duper !

ⵏⵏ

Cette quête facile de l'argent, du moins en apparence, ne manqua pas d'attirer des amateurs d'un autre genre.

Les gens du cru n'aiment guère que l'on s'aventure sur leurs terres. Si le silence est une règle d'or, la préservation de quelque intérêt particulier peut amener à lever la règle.

L'intrus fut dénoncé. Une information anonyme arriva sous la forme d'un mot griffonné : « Vous feriez bien de voir ce qui se passe, près du bois du Maine, dans une remise. » Rien de plus.

Notre première action fut de trouver ce site. Vous comprenez alors l'intérêt de notre travail préliminaire. Même dans le cas d'un lieu identifiable immédiatement, pas question de débarquer sans vérification, sans précaution et de faire chou blanc. Si fraude il y a, il faut prendre les fraudeurs la main dans le sac pour les faire condamner à coup sûr.

Nous dûmes, sans cesse, avoir recours à des méthodes peu conventionnelles. Les situations furent parfois cocasses. Par exemple, pour circuler dans les sous-bois, quand c'est la période, rien de mieux pour ne pas attirer l'attention que de se déguiser en cueilleur de champignons. On joint alors l'utile à l'agréable, mais ce n'est pas toujours le cas. Le plus fréquemment, ce sont des nuits de planque dans des voitures, parfois à la belle étoile, sans rien pour vous abriter. Ainsi pour cette première affaire, nous mîmes près de huit jours avant d'identifier un bâtiment susceptible de répondre aux critères. Encore n'était-il pas certain que ce fût le bon. On l'atteignait par un chemin creux, à peine tracé sous les arbres, une vieille bâtisse de briques à l'aspect délabré, isolée, close par une porte métallique coulissante. Elle se dressait au milieu d'une clairière, bordée à l'ouest et au nord par la forêt et à l'est par un champ ensemencé. On ne pouvait quitter l'abri des arbres, s'en approcher pour tenter de jeter un coup d'œil à l'intérieur par une verrière rendue opaque par un agrégat de poussière et de terre, sans risquer d'être repéré. La surveillance à distance s'organisa. Pas question de faire une descente sans être certain de trouver quelque chose qui en vaille la peine. Rien ne pouvait, pour le moment, nous donner la certitude qu'on ne nous menait pas en bateau.

Toutes les quatre heures, deux hommes se relayaient. Leur voiture était positionnée discrètement, loin, à l'écart. Les hommes étaient dissimulés sous de grands châtaigniers, pendant la nuit, et dans un sous-bois plus dru, le jour. Après plusieurs jours et nuits d'attente, enfin, un bruit d'automobile brisa le silence nocturne. Le moindre détail peut être essentiel.

Un de mes hommes me rapporta qu'il nota dans sa mémoire le bruit particulier du moteur. Un cliquetis, qu'il me dit pouvoir reconnaître, au milieu du trafic de la place de la Concorde, si l'occasion se présentait. Méfiez-vous, vous voyez, un défaut de réglage des culbuteurs et vous voilà suspect. Je dois reconnaître que cette équipe conjuguait à merveille les compétences.

Le moteur fut coupé, toujours pas la moindre lueur, le véhicule avait progressé tous phares éteints, ce qui confortait mes observateurs. L'homme, les hommes (à cet instant nous ne savions pas combien ils étaient) ne tenaient pas à se faire remarquer. Une seule portière fut ouverte puis refermée. Un bruit métallique laissa supposer que la porte de la remise bougeait. En glissant sur son rail, elle provoqua l'envol d'une chevêche. À peine ouverte, elle fut aussi vivement refermée. Une lumière jaillit à l'intérieur.

Mes hommes furent tentés de s'approcher.

Avez-vous essayé de progresser de nuit, sans falot pour vous guider, dans une forêt, avec la volonté de vous faire discret? C'est une épreuve redoutable. Les branches griffaient leurs visages, les ronces s'accrochaient à leurs pantalons, les chèvrefeuilles ligotaient leurs bras, les semelles de leurs bottes ne trouvaient rien à écraser que des bois morts. Dans les airs, les oiseaux nocturnes s'épouvantaient, tandis que des terriers s'échappaient des bruits de réveils affolés, provoqués par le foulage du sol, inhabituel à cette heure. Après quelques pas, conscients du tumulte, il leur semblât plus raisonnable de renoncer. Immobiles, ils poursuivirent leur attente. Avant les premières lueurs de l'aube, la porte métallique couina sur son rail. Le moteur ronfla. Le bruit s'éloigna, avalé par le sous-bois.

Les effluves, que le courant d'air dispersa et qui parvinrent jusqu'à mes hommes, confirmèrent nos soupçons. Ils pouvaient rentrer chez eux et m'annoncer que nous tenions une affaire et même sans doute, « une sacrée bonne affaire ! »

5

Fabien Savignard me conta la suite de sa première saisie avec jubilation. Cette plongée dans sa mémoire n'était pas pour lui déplaire.

« …C'était en mars 1975, dès l'heure légale, sept heures, la brigade de répression, avec en appui la gendarmerie de Domfront, encerclait la remise. Aucun cadenas ne protégeait l'accès. Tous les regards se focalisaient vers moi, attendant un signe d'approbation pour entrer et satisfaire notre curiosité collective sans tarder. J'ai toujours été respectueux des procédures et par conséquent, j'invitai tout le monde à faire preuve de patience.

Le teuf teuf d'un moteur de tracteur ramena bon ordre. L'engin n'était pas encore visible, mais à la progression du son, on devinait qu'il allait déboucher dans le champ à l'est. Deux hommes partirent à sa rencontre. Le conducteur aurait pu marquer quelque surprise en découvrant sa ligne d'horizon. Au lieu de ça, il fit mine de ne rien voir et s'apprêta à pulvériser quelque désherbant, ainsi qu'il avait prévu de le faire. Invité par Hugues, un de mes plus jeunes et fougueux collaborateurs, à arrêter son engin et à livrer le nom du propriétaire du bâtiment en surveillance, il fit part de son ignorance, ce qui énerva passablement le questionneur, peu habitué à fréquenter ce genre d'hommes.

— Vous dites que vous ne connaissez pas le nom du propriétaire alors que ce terrain et cette bâtisse jouxtent le vôtre ? À qui croyez-vous faire croire ça ?

— Peut-être bien qu'il est mitoyen, mais c'est pas une raison suffisante. Vous savez, j'ai trop à faire par ailleurs. Ici, on s'occupe de ses terres, pas de celles de son voisin !

~~~

De loin me parvenaient les échos de la discussion et je voyais Hugues fulminer.

— Je vais vous rafraîchir la mémoire, d'après le cadastre, c'est Louis Giroud le propriétaire, demeurant à Sept-Forges et vous le connaissez sans aucun doute.
~~~

– Puisque vous le savez, pourquoi me le demander ? Moi, j'ai à faire, bien le bonjour !

Il remit les gaz et reprit son travail. Il était fort probable qu'arrivé au bout du sillon, il filerait avertir qui de droit. Nos effectifs se scindèrent en deux, une moitié demeurant sur place pour éviter tout déménagement dans la grange, l'autre moitié gagnant sans plus attendre la ferme de Giroud.

Ce fut ma première rencontre avec Linette, son épouse. Un tel attroupement, aussi matinal, dans sa cour, aurait affolé plus d'une jeune femme, mais elle, malgré sa silhouette gracile, fit preuve d'un grand sang-froid. Mieux, elle devança mes questions, afin de nous montrer sa force psychologique. Elle se campa sur ses jambes fines, face au groupe, les mains appuyées sur les hanches, et lança à la cantonade :

– Mon café doit être fameux pour que vous vous invitiez si nombreux ! À cette heure le boulanger n'a pas encore entamé sa tournée, je n'ai pas de croissants à vous offrir, mais vous avez peut-être fait un détour par son fournil avant de vous donner rendez-vous ici.

Je me présentai et demandai à voir son mari.

Bien entendu, il n'était pas là et elle ignorait où il se trouvait et quand il rentrerait.

– Vous savez, comment sont les hommes, ils disent une heure et n'en font qu'à leur tête. Ma foi, la seule information que je peux vous livrer, c'est qu'il est parti hier au soir, pour affaire, m'a-t-il dit !

⌁

Elle nous provoquait. Ici, lorsqu'un homme part pour affaire à la nuit tombée, le plus probable n'est pas qu'il rejoigne quelque femme accueillante, quoique ! On sait ce qui l'occupe !

– Hé bien, dans ce cas, en son absence, vous allez devoir répondre à mes questions. Vous êtes bien propriétaire d'un bâtiment agricole situé au lieu-dit « bois du Maine ». Tenez, voyez sur la feuille du cadastre.

Elle écarta d'un revers de main le document que je lui tendais.

– Les cartes ça ne me dit pas grand-chose.

– Admettons, mais vous savez bien si vous êtes propriétaire. Ne me dites pas le contraire, je ne vous croirais pas, le patrimoine ça compte, n'est-ce pas ?

– Maintenant que j'y réfléchis, peut-être…
un bien qui me vient d'une défunte tante.

– Nous y voilà ! Très bien, j'ai là un ordre
de visite, j'ai aussi une ordonnance délivrée par
le président du tribunal de grande instance. Je
vais vous demander de signer et de nous accompagner pour procéder, en votre présence, à la
perquisition.

– Je ne signe rien, voyez mon mari, c'est lui
qui sait !

Elle eut beau protester, invoquer la contrainte
des animaux qui réclamaient sa présence, elle
dut nous suivre. Mais, elle nous réserva une surprise. Arrivés devant la porte de la resserre, elle
l'identifia comme leur propriété, mais refusa
qu'on y entrât.

– Elle est louée, lâcha –t-elle !

– Quoi ! À qui ?

– Je n'en sais rien, mon mari a fait des papiers,
voyez le notaire si vous ne voulez pas attendre
son retour !

<p style="text-align:center">~~~</p>

Décidément, cette femme était bien habile.
Elle nous avait fait perdre une bonne heure. Ce
ne fut plus deux, mais trois groupes, qu'il fallut
constituer. L'un demeurant sur place, en mis-

sion de surveillance, le deuxième en quête des renseignements à l'office notarial, le troisième la raccompagnant chez elle. Les esprits s'étaient échauffés. Puisque les papiers étaient établis au nom de Louis Giroud et ne pouvaient permettre de visiter la remise, hé bien, on allait en profiter pour passer la ferme au peigne fin en attendant que le notaire nous livre le nom du locataire.

Dans l'étable, sans qu'on ait véritablement cherché à le dissimuler, un fût de deux cents litres était en perce. Il contenait de l'eau-de-vie de fabrication récente. Le contenu fut saisi et transvasé dans des bidons de plastique, mesuré et pesé : cent vingt litres à 63°.

La façon dont ce fût avait été couché sur des rondins, trop en évidence, attira notre attention. Il était fort probable qu'on dissimulât ailleurs un stock beaucoup plus important. La visite se poursuivit. Le bâtiment directement attenant, une superbe bâtisse parfaitement entretenue, semblait ne servir qu'à abriter quelques mètres cubes de bois de chauffage, particulièrement bien rangés.

Auguste, le doyen de notre équipe, sentit le piège. Il entreprit de déplacer quelques refendus, histoire de ne rien laisser au hasard. Bien lui en prit. Les bois de haut fût n'étaient là que pour dissimuler un foudre de onze cents litres, excusez du peu !

Auguste toqua le fond du fût à différentes hauteurs, afin de se rendre compte, au son produit, de son niveau de remplissage. Les échos qu'il renvoya nous apprirent qu'il était bien entamé. Auguste tourna la chantepleure, recueillit quelques gouttes du breuvage au creux de sa paume, et huma. Le liquide était légèrement ambré et pouvait donner l'illusion du vieillissement, mais en le portant à ses lèvres, il ne subsista aucun doute, l'alcool était jeune, très jeune.

Au total, nous saisîmes cent soixante-dix-neuf litres d'alcool pur, sans titre de mouvement, détenus illégalement au domicile de Louis Giroud, ne figurant pas au répertoire des bouilleurs de cru.

Je fixai l'amende, sous réserve et dans l'attente hypothétique de justificatifs à dix mille francs, à nous verser sans délai.

Ce ne fut pas un problème. Madame Giroud disparut quelques instants et revint me remettre un chèque et cinq mille francs en espèces. Ces disponibilités numéraires furent une surprise pour moi. Mais je m'accoutumai assez vite, dans ce pays, à voir des portefeuilles bien garnis.

Cette prise n'était pas notre objectif. Seul un contretemps nous en avait détourné. Il nous fallait maintenant nous occuper de Baptiste Lecœur, le locataire de la grange, comme nous l'avait confirmé le notaire. Hugues avait fait un aller et retour à Alençon, afin de valider de nouveaux papiers auprès du tribunal.

Depuis l'aube, ce déploiement de képis, cette présence des rats de cave, cette saisie, toute cette agitation avait dû être signalée dans tous les foyers du canton. Il fallait que Baptiste Lecœur fût un fieffé individu pour être demeuré chez lui à nous attendre et n'ait pas nettoyé son véhicule et son domicile de tout indice.

Sa DS 21, aux suspensions avachies, était là, dans la cour.

Auguste ouvrit une portière. Les relents d'alcool étaient tenaces et témoignaient de l'usage habituel du véhicule.

Je frappai à la porte de la maison familiale. Une femme, mal fagotée, apparut sur le seuil. À notre vue, elle lança : « Je vais chercher mon mari », avant même que j'eus prononcé le moindre mot.

Lecœur se présenta, un mégot au coin des lèvres.

À l'évidence, il n'attendait pas de visiteurs. Ce n'était pas un hasard s'il n'avait pas été alerté par le milieu, ça, je le comprendrai plus tard. Je passe sur la procédure habituelle... Je me souviens qu'il m'avait donné l'impression d'être l'acteur principal d'un film muet. En nous accompagnant, il ne fit aucun signe en direction de sa femme qui, dissimulée derrière un pan de rideaux, l'observait.

Arrivés devant la resserre, nous étions, tels des enfants devant la porte de la caverne d'Ali Baba, avides de découvrir un trésor. D'un geste brutal, il poussa lui-même la porte sur sa glissière. Durant quelques instants, mes hommes se mirent à fureter partout, tels des gamins lâchés dans un entrepôt de jouets. Aux pantins, peluches, voitures, trains électriques, se substituaient bonbonnes, jerrycans, outres, fûts, entonnoirs, pipettes, siphons, la parfaite panoplie du petit trafiquant.

L'inventaire sommaire confirma en tout point ce qu'Auguste et son collègue avaient subodoré la nuit de leur planque, en humant un parfum d'anis.

À l'évidence, dans ce lieu, on ne se contentait pas de baptiser de l'eau-de-vie, d'y ajouter du caramel pour lui donner bonne mine et lui faire prendre quelques années en un tour de main. Il faut appeler un chat, un chat, on était dans un labo clandestin. Du pastis de contrebande au pays de la goutte, inattendu, insolite !

Baptiste Lecœur semblait toujours aussi absent. Nul mouvement, nulle marque d'abattement, nul signe de révolte, il était paralysé par la peur. Réalisait-il dans quel guêpier il s'était fourré ? Réfléchissait-il à la conduite à tenir, évaluait-il les conséquences de son acte ? Rien ne laissait deviner son état d'esprit présent. Son regard, vide, allait de l'un à l'autre sans trouver à s'accrocher quelque part.

Il fut soumis à un interrogatoire en règle, tandis que les autres équipiers entreprenaient de peser, de mesurer et de transvaser la saisie.

– Tu lances une nouvelle mode. Tu abandonnes le digestif au profit de l'apéro anisé. Tu as trouvé de nouveaux débouchés. Monsieur veut se faire un nom dans le cercle des caïds. Tu n'as certainement pas eu cette idée tout seul, pour qui travailles-tu ? D'où vient l'alcool que tu transformes ? T'as de l'ambition, au bas mot il y a mille litres ici…

– Mille quatre cent sept litres huit centilitres, en alcool pur. Je viens d'achever le calcul, chef !

– J'espère que tu as des économies car l'addition va être salée ! Apprête-toi à séjourner au frais un moment.

– À votre avis, chef, il va en prendre pour combien ?

– Trois mois c'est un minimum, je pencherai plutôt pour six mois, surtout s'il ne se montre pas plus bavard.

Hugues découvrit tout un stock de fausses plaques d'immatriculation.

– Qu'est-ce que tu fais avec ça ?

– C'est pour les livraisons.

– Enfin, il se décide à parler. Dommage pour toi que tu n'aies pas commencé plus tôt, car je viens juste de faire une première addition et je ne peux plus revenir sur le procès-verbal de saisie, tu vas devoir… allez j'arrondis le chiffre, cent mille francs (quinze mille euros) au titre de la consignation sur amende.

– Comment voulez-vous que je trouve une somme pareille !

– C'est ton problème, il fallait réfléchir avant de te lancer. En attendant, direction la gendarmerie, nous en avons fini avec ce local.

– Je peux passer chez moi, faut que je parle à ma femme !

~~~

J'accédais volontiers à sa demande, j'avais une arrière-pensée. La diffusion de l'information de
~~~

son arrestation allait faire bouger les lignes. Des contacts allaient peut-être s'établir. Nous étions tombés sur un stock important d'alcool quasi pur, plus de 90°, nous voulions identifier la filière.

Le passage à son domicile fut bref. Sa femme était derrière le rideau de la fenêtre quand nous arrivâmes, à croire qu'elle n'avait pas bougé. Je lui confirmai qu'il me faudrait, avant dix-sept heures, cent mille francs, faute de quoi il serait en état d'arrestation et conduit devant le juge.

Nous restâmes volontairement à quelque distance. Il fallait qu'il lui parle, cela déclencherait sans doute quelque chose. Nous y comptions.

Il lui fit signe de sortir. Elle entrebâilla la porte. D'un geste nerveux, il la tira en avant et lui dit quelques mots à l'oreille, d'une voix étouffée. Elle opina de la tête pour lui signifier qu'elle avait bien compris. Sans un geste amical, sans un baiser, ils se séparèrent, lui s'engouffrant dans la voiture à mes côtés.

⌇

À la gendarmerie de Domfront, l'attente commença. Plus l'heure avançait, plus la tension de Lecœur était visible. Il me demanda la possibilité de donner un coup de fil à son employeur, malheureusement l'homme était absent de son domicile. Lecœur exerçait officiellement la profession d'ouvrier agricole. Il travaillait, de temps à autre, chez un fermier, précisément celui qu'il avait cherché à joindre, bien connu, et qui n'avait pas constitué son pécule rien qu'en engraissant des taurillons. La piste ne manquait pas d'intérêt pour nous.

Lecœur demanda l'autorisation de passer un second coup de fil, à un avocat. Il lui résuma la situation sans grand détail, lui demanda de trouver l'argent nécessaire à sa libération et lui recommanda de se mettre en rapport avec son employeur.

Les heures s'égrenaient. Lecœur n'en menait pas large. Il avait été laissé dans une pièce sous la surveillance des gendarmes. Nous, nous faisions mine de nous désintéresser de son sort.

À quinze heures, il me fit appeler et demanda à être conduit chez lui pour récupérer ses économies. Accompagné de deux gendarmes et d'Auguste, je le fis conduire. Il ne rapporta que quatre mille francs, somme dérisoire pour couvrir sa dette. En fait, il avait espéré en retournant chez lui, que sa femme eut rempli sa mission et qu'elle eut trouvé, auprès d'un prêteur du bourg, les fonds nécessaires. Visiblement, elle avait échoué et ce fait venait conforter notre enquête. Lecœur ne travaillait pas pour le milieu local. Il était revenu plus tendu encore.

∿

L'idée qu'il allait craquer se répandait dans la gendarmerie. La perspective d'un emprisonnement qu'il redoutait, allait peut-être lui délier la langue.

Mais aux environs de seize heures, un appel téléphonique brisa notre espoir. Maître Lombardi faisait savoir que la somme demandée serait apportée en numéraire, dans les délais.

À seize heures cinquante, Bougin, l'employeur de Lecœur faisait son entrée et me remettait l'argent pour le compte du contrevenant, non sans ajouter pour expliquer sa présence : « C'est un pauvre type qui s'est fait manipuler, il a une famille à nourrir, je l'emploie quelques heures par-ci par-là, pour l'aider… Que voulez-vous, on ne se refait pas ! »

Le saint homme !

À dix-sept heures quarante-cinq, Lecœur quittait la gendarmerie. Nous proposâmes de le raccompagner. Il déclina l'offre, Bougin devait l'attendre, dehors…

∿

Il n'était pas seul à guetter sa sortie. Nous étions sur le qui-vive. Bougin s'était installé à une table au café le plus proche. Un de mes hommes dissimulé dans la salle capta la conversation.

– Tu n'as rien dit j'espère !

– Muet comme une carpe. Ils m'ont cuisiné pourtant ! Ils auraient bien aimé savoir d'où vient la marchandise. Ils m'ont pas impressionné, ils me font pas peur.

– Arrête ton numéro, avec moi, c'est pas la peine.

– Vous en faites pas, j'ai tout pris sur moi. Vous faites pas de bile. Du moment qu'on paie l'amende, y'a que ça qui compte pour eux !

– Je ne suis pas aussi naïf que toi. En attendant ne fais pas le mariole, tiens-toi tranquille chez toi. Je ne veux pas que tu en sortes.

– Faut que je travaille, j'ai versé toutes mes économies.

〜〜〜

Bougin sortit un paquet de billets de sa poche.

– Tu nourris ta famille avec ça et tu te tiens peinard, c'est compris ! Est-ce qu'ils t'ont dit comment ils l'ont su ?

– Non, mais j'ai été donné, c'est certain, le fumier quand je vais le tenir, il va passer un

57

mauvais quart d'heure. Y'en a un autre qui perd rien pour attendre.

– Qui ?

– Giroud.

– Pourquoi ?

– Il n'a pas voulu me prêter.

– Qu'est-ce que c'est cette histoire ? Tu t'es adressé à lui ? Tu ne me fais pas confiance !

– L'heure avançait, j'ai envoyé ma femme. Il a dit qu'il avait déjà assez payé pour mes conneries. Les rats de cave sont allés chez lui, les papiers étaient établis à son nom, vous voyez bien qu'ils ne savent pas grand-chose.

– À la réflexion, c'est peut-être pas plus mal. Ils penseront que je suis intervenu suite à une défection de Giroud. Je comprends mieux, maintenant, pourquoi il y tenait à son bail Giroud, il voulait assurer ses arrières. C'est peut-être lui qui t'a donné ?

– Il paie l'amende tout de même, ils lui ont saisi son stock, ce serait une curieuse façon de le remercier.

– Va savoir ! Bon, on y va, quand l'orage sera passé, on avisera, d'ici là, silence !

Pour nous, l'affaire était loin d'être close, elle débutait vraiment. Les analyses des produits saisis nous confirmèrent la présence d'anéthol, de colorants synthétiques non autorisés et d'alcool répondant aux caractéristiques d'un flegme haut degré, 96,1°.

⌇

L'anéthol provenait vraisemblablement de l'extérieur de la région, quant à l'alcool, il nous fallait trouver cet alambic. Fabriquer du pastis n'était pas dans les habitudes du terroir, cette incursion inhabituelle sur les terres normandes méritait toute notre attention.

6

Le récit de Fabien Savignard était dense. Au début de nos entretiens, il s'était aidé des pièces des procès-verbaux pour se rafraîchir la mémoire, puis, il en était venu à me conter chaque étape, comme s'il l'avait vécue la veille. On sentait chez cet homme la passion de son métier, le désir de comprendre et l'ambition de me restituer le contexte dans ses moindres détails.

John, je ne peux tout te transmettre sans allonger mes courriels à l'infini. J'espère que, peu à peu, tu percevras l'ambiance. Je te fais parvenir l'enregistrement de la suite de notre entretien.

« Plusieurs mois s'écoulèrent sans que la brigade découvre le moindre litre d'apéritif anisé, lors de ses interventions. Je me posais des questions sur la pertinence de mon analyse. Ce réseau que j'avais subodoré n'était-il que le fruit d'une imagination trop fertile, car aucun fait ne venait corroborer cette hypothèse.

Les résultats obtenus par la brigade étaient estimables et l'équipe considérait que le coup porté au labo de Lecœur avait été suffisamment dissuasif pour arrêter tout engagement dans cette voie. Lecœur avait cru trouver en diversifiant sa production, un filon lucratif. Les maîtres du commerce avaient réagi, montré par cette dénonciation, qu'ils réprouvaient cette orientation et ils nous l'avaient fait savoir. Le ménage avait été fait, l'affaire était entendue.

J'étais moins convaincu que mes hommes.

Je persistais à croire que Lecœur n'était qu'un pion. Il n'avait ni les moyens financiers et humains, ni les réseaux pour mener à bien une telle entreprise. Mouiller du calva était à sa portée, fabriquer du pastis, se procurer de l'anéthol était une autre affaire. Financer un stock d'alcool aussi pur n'était pas dans ses moyens.

Il avait, à l'évidence, des commanditaires qui n'accepteraient pas de passer par pertes et profits une somme pareille. Ils tenteraient, à un moment ou un autre, de se refaire. À nous d'être vigilants.

~~~

Je pris de nouvelles habitudes. J'essayais de rencontrer, seul à seul, les gens du cru. Je jouais de mes origines rurales, donnais l'impression de m'intéresser aux hommes, aux progénitures, aux exploitations, sans grand effort du reste. Là, je m'inquiétais de l'état du cheptel, ici, des coupes de bois à venir. Là-bas, de la variété dont on avait ensemencé cette terre, des rendements escomptés, mais jamais au grand jamais je ne parlai du calva.

J'avais vite constaté que les renseignements se glanent moins par questionnement que par observation. Que si l'on est disposé à vous communiquer un élément, il arrivera dans le feu de la discussion. Fruit d'une maladresse, message intentionnel, c'est selon. Le plus souvent ce qui se dit ne prête pas à conséquence pour le commun des mortels, mais pour moi, grand ordonnateur d'un puzzle géant, chaque détail comptait en vue de l'assemblage final. »
~~~

7

Fabien Savignard ne fut pas ma seule source d'information. Je rencontrai un gendarme, depuis lors à la retraite, qui avait participé à l'opération, qui accepta de me conter la suite et alla même jusqu'à me conduire sur le terrain.

$$\sim\!\!\sim$$

« La prise de mars 1975 n'avait débouché sur rien. Pourtant, Fabien ne relâchait pas la pression. Notre commandant de gendarmerie était sur la même ligne et inscrivait au tableau de service des patrouilles de surveillance générale, bien plus que nous l'aurions souhaité, si nous avions eu notre mot à dire.

C'était un soir de janvier 1976, alors qu'on se gelait, mon coéquipier et moi, dans une 4 L inconfortable, au chauffage défectueux, que la chance joua en notre faveur.

— Encore une heure à tirer et on est quitte pour ce jour. On n'est pas à Marseille ici, il ne se passe rien, on serait aussi bien chez nous.

— Prends à droite, un peu plus loin, un tout petit chemin.

— Qu'est-ce que tu veux aller faire par là ?

— Un pèlerinage.

— Encore un calvaire, tu sais y'a que la vue de « la bonne mère » qui peut me réconforter.

— Je vais te faire découvrir « le pont de grenouille », c'est un endroit que j'ai beaucoup fréquenté dans ma jeunesse. Il portait bien son nom. À l'époque une colonie de grenouilles l'occupait. Attraper des grenouilles c'était pas bien difficile, un bout de fil, un hameçon, un méchant morceau de tissu rouge et il n'y avait qu'à l'agiter au-dessus de l'eau.

— Oh ! Oh ! Oh ! Tu ne vas pas m'apprendre à attraper les grenouilles tout de même !

~~~

La Renault 4 franchit le pont de grenouille. Le conducteur chercha un espace un peu moins étriqué pour faire demi-tour, sur cette voie sans issue. Il découvrit une zone où les herbes folles
~~~

avaient été foulées et un peu plus loin dans son angle de vue, en retrait sur sa droite, apparut une maisonnette, sans doute inhabitée depuis longtemps, mais qui tenait encore debout.

– Dis donc, il a l'air bougrement fréquenté ton coin !

– Tu plaisantes !

– Non, regarde, il y a des traces de roues en veux-tu en voilà, descendons voir ça de plus près.

Nous fîmes le tour du propriétaire. La maison était close.

Les ronces, les toiles d'araignées étaient à la fête. Rien n'entravait leur progression. Elles s'accrochaient à la moindre aspérité, sauf, curieusement, sur la porte d'entrée. Les fenêtres ne comportaient plus de volets en état, mais les vitres étaient obstruées par des journaux collés ou punaisés de l'intérieur, interdisant tout regard indiscret.

– Tout ça m'intrigue, pas toi ?

– Bof, un lieu de rendez-vous galant… peu confortable sans doute, mais discret.

– Faut qu'on le signale.

– Laisse-les donc tranquillement s'envoyer en l'air, peuchère !

〜

L'adjudant fut mis au courant. Il ordonna des patrouilles régulières.

En ces premiers jours de janvier, chacun se remettait péniblement des agapes et ne prisait guère les sorties en plein air.

Au bout de quelques jours, il fut établi que le lieu recevait des visiteurs. Les empreintes des pneus sur l'argile étaient comme autant de signatures.

Aux rondes intermittentes, l'adjudant institua une surveillance discrète, mais permanente.

À la vingt-huitième heure de cette disposition, une DS s'engagea sur le chemin qui menait au lieu-dit. Son arrivée faillit surprendre les deux hommes de faction. Il n'était que huit heures du matin. Au froid sec des dernières nuits, avait succédé un radoucissement qui avait fait disparaître le givre au profit d'un brouillard poisseux. La voiture ne s'arrêta qu'un court instant, le moteur ne fut même pas coupé. L'homme surgit hors du véhicule, fourragea dans sa poche, en tira une clef, ouvrit la porte. À peine entré, il ressortit et lança sans ménagement sa voiture dans le chemin.

Un des deux gendarmes eut tout juste le temps de noter l'immatriculation, tandis que l'autre, même assisté de jumelles, ne put distinguer avec suffisamment de précision l'individu, pour espérer en faire un portrait-robot. Le visiteur n'avait pris aucune précaution, visiblement, il ne se savait pas observé, seule l'urgence avait semblé être à l'origine de sa hâte.

La plaque d'immatriculation révéla l'identité du propriétaire. La surprise fut de taille. Trafiquant multicartes, tant il avait exercé son talent dans des domaines variés, doté d'un sens de la communication certain, l'homme avait fait plus d'une fois « la une » des quotidiens régionaux. Il était encore sous le coup d'une suspension de permis de conduire de trois ans. Visiblement, cette décision de justice ne l'affectait guère.

Les choses devenaient sérieuses. Le commandant de gendarmerie se rendit sur place. Il examina avec soin la topographie des lieux, réclama des renforts et les posta aux points stratégiques. On avait une chance d'intercepter Ducourt, il ne fallait en aucun cas le laisser s'échapper.

Fabien Savignard fut avisé immédiatement. Rien ne devait compromettre cette opération. Il fut décidé d'un commun accord qu'aucun homme de sa brigade ne montrerait ses guêtres dans cette zone, tant que Ducourt ne serait pas pris en flagrant délit. Inutile d'éveiller des soupçons, d'autant que, depuis quelques semaines,

Fabien sentait que ses allées et venues étaient surveillées. Devant son domicile, plus d'une fois, il avait remarqué le même véhicule arrêté le long du trottoir, l'homme au volant s'arrangeant toujours pour masquer son visage quand Fabien s'en approchait. S'il rentrait sa propre voiture dans son garage, laissant supposer qu'il n'envisageait pas de ressortir dans la soirée, l'homme se rendait à la cabine téléphonique au carrefour et revenait reprendre son poste, pour quelques heures, avant de disparaître dans la nuit. Il avait été tenté de faire contrôler l'individu, mais qu'aurait-il pu lui reprocher ? Non, il réglerait le problème plus tard, l'important était qu'il eût remarqué son manège.

∽

Tous les hommes en faction avaient pris leur tour de garde à quatre heures trente du matin. Il était maintenant sept heures. Ils avaient beau souffler dans leurs paumes, battre la semelle, ils n'arrivaient pas à se réchauffer. Quelques-uns avaient la chance de pouvoir s'abriter dans les voitures, d'autres étaient aux avant-postes, dissimulés dans les fourrés et le froid leur tombait dessus, les transperçait telles des aiguilles, pénétrait au plus profond d'eux-mêmes jusqu'à figer leur sang. Il y avait belle lurette que les bouteilles thermos de café étaient vides. Seule la relève mettrait fin à ce calvaire.

Soudainement, un bruit de moteur se fit entendre. Instinctivement le gendarme Jullien s'était tassé sur lui-même, se dissimulant du mieux qu'il pût derrière le bosquet épineux. Déjà, il avait vérifié de la main la présence de sa radio, empoigné les jumelles. Tous ces gestes qui lui paraissaient infaisables, il y a un instant en raison de sa paralysie, de ses doigts gourds, il les avait accomplis en souplesse, avec précision et rapidité.

Il la vit devant lui. C'était bien la DS attendue. Il fit la mise au point et lut dans ses jumelles : 264 MX 61.

OK, fit-il pour lui-même.

La voiture s'immobilisa devant la porte d'entrée de la maison. Deux hommes en descendirent et pénétrèrent à l'intérieur. Quelques minutes plus tard, ils ressortirent et s'affairèrent au chargement de jerrycans dans le coffre. Le flagrant délit parfait.

～

— Poste avancé appelle PC… répondez.
— PC j'écoute.

– DS immatriculée 264 MX 61 chargements
en cours… Ducourt identifié… deuxième homme
non identifié…

– PC à poste avancé … Signalez tout mouvement de départ.

〜

Déjà le commandant de gendarmerie donnait des ordres. Le dispositif d'interception se
mettait en place. Les départementales 208, 53,
266, 366, étaient fermées à la circulation. Les
barrages s'installaient.

Ducourt était connu pour forcer les contrôles.
Il avait réussi à s'enfuir à plusieurs reprises. Cette
fois, rien n'avait été laissé au hasard. Le commandant mettait un point d'honneur à l'arrêter.
Pour la gendarmerie de Messei, notre caserne,
c'était l'occasion de se distinguer.

L'effet de surprise devait favoriser l'opération.

Dès l'ordre de mise en place, les hommes
avaient senti leur gorge se serrer. Non seulement
des herses avaient été déployées sur la largeur de
la chaussée, mais les véhicules de gendarmerie
eux-mêmes faisaient barrage en travers de la
route. La moindre faille, le moindre petit goulet
laissé libre, pouvait suffire pour que Ducourt s'y
engage et file vers la liberté. Arme au poing, les

72

hommes attendaient, inquiets de la tournure des événements, masquant leur peur. Chacun savait ici que Ducourt, pour peu qu'il ait une arme sur lui, était homme à pouvoir s'en servir.

<p style="text-align:center">~~~</p>

Le facteur desservant « La Coulonche » buta contre un barrage sur la départementale 266, là où je me trouvais. C'était bien la première fois de toute sa carrière que sa tournée se trouvait interrompue de pareille manière. En voyant les gyrophares, les panneaux l'invitant à s'arrêter, sa curiosité fut attisée. Quelle aubaine ! Il allait pouvoir recueillir des informations de première main et les diffuser lors de sa tournée. Mon collègue qui s'avança vers lui, fusil-mitrailleur à la main, lui parla sur un ton qui n'invitait pas au papotage.

— Punaise, jamais vu un engin comme ça de ma vie et sous mon nez !

— Opération de gendarmerie. La route est provisoirement coupée. Par mesure de sécurité, vous reculez de trois cents mètres, vous restez dans votre véhicule, vous ne bougez sous aucun prétexte, ce ne sera pas long.

<p style="text-align:center">~~~</p>

L'oreille attentive aux ordres radio, tendus, tous nous attendions que les collègues situés aux avant-postes fassent leurs rapports. Tous nous n'avions en tête qu'une seule question : quand et où le commandant déciderait-il de l'interception ?

Ceux qui étaient postés sur les routes espéraient que l'affaire serait réglée au pont de grenouille. Ceux qui étaient dans les bosquets, derrière les haies, escomptaient que le commandant attendrait que la DS atteignît un barrage.

Chacun priait le ciel que cette tâche ne lui incombât point. Que ferait Ducourt ? Dans quelle direction repartirait-il ? Quelle réaction aurait-il ?

Autant de questions sans réponse à cet instant.

La radio grésilla :

– Poste avancé signalons départ de la DS… Ils quittent le pont de grenouille… Terminé.

– PC à poste A, ne bougez pas… PC à toutes les unités, interception sur la D 208… Poste B signalez la direction prise à l'embranchement.

– Poste B à PC, DS vire à gauche… de D 208 se dirige vers D 53.

– PC à poste D… intervention, je répète intervention.

Les hommes du poste D se tenaient légèrement en retrait derrière les herses, arme au poing. Quand Ducourt découvrit le barrage, il écrasa instinctivement la pédale de freins et bloqua la voiture à cent mètres des herses. Il enclencha la marche arrière et rebroussa chemin. Il avait imaginé pouvoir faire demi-tour dans la voie qu'il venait de quitter et s'en sortir en reprenant la D 208 dans l'autre sens. Il s'engagea en marche arrière, passa la première et vira à droite. Il allait laisser s'échapper un soupir de soulagement quand il se heurta à un second barrage. N'entrevoyant pas d'autre issue, il recula encore et se réfugia une nouvelle fois dans le chemin du pont de grenouille. Il n'ignorait pas que c'était un cul-de-sac, mais sa voiture supporterait une épreuve tout terrain ; il fallait autre chose que quelques embardées pour l'arrêter. Il dépassa volontairement l'embranchement, put ainsi s'engager en marche avant, ce qui lui offrait le double avantage de la vitesse et d'un meilleur contrôle du véhicule lourdement chargé.

La DS filait à vive allure, rebondissant sur les aspérités, avalant les obstacles sous l'œil presque admiratif de la maréchaussée, qui ne voyait pas de quelle façon elle allait pouvoir mettre fin à sa course, autrement qu'en visant dans les pneus.

La terre, selon son exposition, sous l'effet de quelques courants d'air plus doux, retrouvait par endroits sa malléabilité, son élasticité, se détendait, restituait l'eau qu'elle avait enfouie dans son sein.

Les messages radio se bousculaient. Le commandant avait senti l'écueil. Il fallait éviter à tout prix que les hommes rejoignent la masure et s'y barricadent.

– PC à poste avancé, interposez-vous, ne les laissez pas arriver jusqu'à la maison et y entrer.

∿

Le gendarme Jullien, qui croyait sa mission achevée lorsqu'il avait signalé le départ du véhicule, se dit que décidément ce n'était pas son jour de chance. À nouveau, il se trouvait au cœur de l'action.

À force de soumettre le moteur à un régime d'enfer, d'écraser alternativement accélérateur et frein, d'éviter les embardées, de s'essayer au trampoline, d'escalader des monticules, de débouler dans les ornières, il arriva ce qui devait : le moteur cala.

Ducourt s'acharna sur le démarreur, accéléra à mort dès le premier signe de reprise, si bien qu'une roue arrière s'enlisa dans une veine de glaise. Ducourt manœuvrait sans réflexion, il voulait s'arracher de là au plus vite, tenter sa chance à travers champs. Bientôt, le train arrière fut englouti jusqu'à l'essieu.

Les gendarmes avaient bondi des fourrés. Son acolyte, figé sur son siège, levait les bras en l'air, lui, ouvrait la portière pour s'enfuir. C'était inutile, la voiture était cernée. Les mitraillettes prêtes à lâcher les balles. Déjà les menottes entravaient les poignets du conducteur, tandis que calmement, son complice sortait de l'habitacle sous bonne garde.

– Opération terminée… Hommes neutralisés… Levez les barrages ! »

Le moment était venu pour Fabien et ses hommes de prendre le relais.

〜〜〜

« À la cité administrative d'Alençon, je n'avais pas eu besoin de consigner les hommes. Tous étaient là, s'affairant normalement à quelques tâches administratives, mais la concentration était superficielle. Le téléphone était l'objet de toutes les attentions. La moindre sonnerie déplaçait les regards vers celui qui décrochait. Les conversations étaient écourtées, les bavardages proscrits. Chacun veillait à laisser sa ligne accessible. Enfin, le message attendu arriva. « Nous tenons Ducourt et un dénommé Renault. Nous vous attendons pour la suite de l'opération… »

À dix heures quarante-cinq, la brigade découvrait le site enchanteur du pont de grenouille. Pour la première fois, me raconta Fabien, je me trouvais en face du célèbre Ducourt.

« Brun, petit, râblé, l'œil vif, le visage carré, un sourire de défi accroché aux lèvres, l'homme n'était nullement abattu. Sa réputation de caïd était en jeu.

Le scénario ressemblait à celui que nous avions connu lors de l'affaire Lecœur. Les locaux appartenaient à son complice. Lui était moins malin, pas de bail entre eux. À l'intérieur tout l'attirail habituel, mais plus sophistiqué. Plus intéressant, des feuillets de papier, sur lesquels étaient gribouillées des formules indiquant les proportions à respecter pour la fabrication des spiritueux illicites. Mieux encore, des carnets, des cahiers contenant des annotations plus ou moins codées qui, à première vue, concernaient des clients, des relations de Ducourt, une source d'informations dont nous escomptions tirer profit.

Le lieu était sordide, nous avions hâte d'en partir.

Ducourt avait tapissé les murs de photos franchement pornographiques, cette déco particulière ne grandissait pas l'homme à nos yeux, loin de là.

Son complice s'appliquait à nous convaincre de son innocence. À l'écouter, il ignorait tout. Il répondait, simplement à une demande de service pour charger la voiture et ne connaissait pas l'homme. Toutes ces répliques étaient prononcées en pure perte. J'activais la procédure. Je voulais que nous quittions les lieux avant l'arrivée fort probable des journalistes, ce qui ne manqua pas de se produire, et déférer, au plus vite, Ducourt au juge, en vue de le faire incarcérer au Château des Ducs, la maison d'arrêt d'Alençon.

Le commandant de gendarmerie fit son possible pour maintenir à distance les photographes, l'arrestation de Ducourt s'était répandue à la vitesse de la lumière. Les flashs crépitaient sur la façade de la maison, mais bien plus encore sur la fameuse DS, qui avait permis à Ducourt de se rendre populaire. Ce fut une des arrestations les plus médiatiques que nous réalisâmes. »

John, j'ai consulté les archives de presse. J'ai recensé pour toi quelques-uns des titres qui firent la « une », dès le lendemain :

« Le laboratoire clandestin était équipé pour produire 1 400 litres de pastis par opération ».

« Le James Bond du calva arrêté dans l'Orne, voir en seconde page la photo de la fabrique clandestine. »

« Les gendarmes découvrent le repaire de « l'alchimiste du pousse-café ». Ce petit centre d'élaboration permettait de produire 1 400 litres de pastis. À quand la chaîne d'embouteillage ? »

« James Bond tombe. Notre fraudeur amateur de films d'action s'est, peu à peu, identifié au superman du cinéma. La réalité ne tarde pas à dépasser la fiction. Sa DS citerne permet de transporter 500 litres d'alcool par voyage. Elle est équipée de divers gadgets destinés à dissuader toute poursuite : phares arrière aveuglants, plaque minéralogique tournante, pulvérisation d'huile anti-motard, double pot d'échappement fumigène. Al Capone et Franck Nitti n'étaient que des débutants avec le bon semeur de clous... »

« Le roi de la goutte, Ducourt fabriquait aussi du pastis. »

Mais le titre qui va le plus te réjouir et te conforter dans ta volonté d'établir des parallèles avec ton pays, c'est celui-ci :

« Les incorruptibles de l'Orne arrêtent le James Bond du pastis. »

8

Ce que j'appréciais, au contact de Fabien Savignard, c'était sa capacité d'analyse des situations. Après chaque action, il éprouvait la nécessité de la replacer dans son environnement, et s'essayait à la décrypter.

D'aucuns se seraient contentés de se faire mousser, surtout après l'arrestation aussi spectaculaire d'un bon client pour les médias. Fabien était insensible à la flagornerie. Il avait une idée assez précise de sa mission et s'y tenait.

Je lui demandai de m'indiquer quels enseignements il avait tirés de ces premières affaires et comment il avait envisagé la suite de son action.

« Nous avions démantelé deux laboratoires clandestins en neuf mois, mis « le James Bond de la goutte » sous les verrous, la brigade pouvait s'enorgueillir d'avoir fait du bon travail. Cependant, ces deux coups d'éclat ne devaient pas masquer la réalité. Le milieu du grand banditisme parisien avait jeté son dévolu sur les terres normandes. Nous ignorions si le réseau avait d'autres ramifications. La pègre pensait avoir trouvé là un lieu d'implantation favorable, auprès d'hommes disposés à produire, sous leur contrôle, et à satisfaire sans limite leurs besoins, sur un marché en pleine expansion. Les documents saisis dans la cache de Ducourt n'avaient pas encore livré tous leurs secrets, mais déjà, ils nous permettaient de cerner le milieu en cause et de comprendre pourquoi une certaine désapprobation locale s'était manifestée.

Ducourt avait profité de ses différents séjours en prison pour se faire des relations. Frimeur, instable, influençable, touche à tout, en manque de notoriété, doté d'un moi surdimensionné, il avait imaginé entrer par ce biais dans l'antichambre des grands malfrats.

Son carnet d'adresses ne révéla aucun nom connu. Comme le recommande la plus élémentaire prudence, ses interlocuteurs n'étaient que des troisièmes, des quatrièmes couteaux. Rien qui nous permît d'identifier clairement les commanditaires. Pour nous et la gendarmerie, commençait alors un long travail d'investigation, d'analyse des dossiers en cours, de recoupements de renseignements, sur tout le territoire. Toutes ces opérations nécessitaient des moyens, des compétences qui dépassaient les possibilités des brigades de l'Orne. Pas d'espoir d'aboutir rapidement.

Je décidai d'une stratégie d'urgence. Je récoltai les fruits de mes flâneries rurales. Ça et là, je glanai quelques informations utiles pour m'aider à comprendre la partie en jeu.

Je réunis mes collaborateurs et fixai les objectifs prioritaires. Les gens du cru sont avec nous, ils comptent sur nous. La dénonciation avait pour objet de nous mettre sur la voie. Personne ne veut de pastis ici, encore moins que la pègre s'installe et régente les affaires. Nous allons, provisoirement, laisser en paix ceux qui dépassent leur droit à bouillir modérément et traficotent quelques litres pour arrondir les fins de mois ou régler l'échéance de la voiture. Nous allons entreprendre une action psychologique d'envergure et faire clairement savoir aux professionnels de la fraude, ceux qui négocient deux à trois mille litres d'eau-de-vie par semaine, que nous ne laisserons pas fabriquer de faux pastis ici. Ils ne trouveront pas à négocier d'alcool haut degré destiné à autre chose qu'un coupage ou une caramélisation. S'ils nouent des relations commerciales avec l'organisation du grand banditisme, ils nous trouveront en face, sans aucune bienveillance. Nous déférerons toutes les affaires. Pas de transaction à l'amiable. La prison se trouve au bout de la route du pastis !

Notre objectif prioritaire est d'empêcher que le milieu parisien opère une jonction avec celui de la goutte.

Je n'exagère nullement. Nous vivons un moment crucial. La guerre est engagée. Le Domfrontais est en passe de devenir la plaque tournante du trafic si nous n'y mettons pas un holà. Qui y a-t-il derrière ça, se faire du fric facilement, se livrer au blanchiment ? Nous n'en savons encore rien, mais des indices montrent que des mafiosi arpentent réellement le terrain. Certains autochtones sont tombés dans le piège, ceux qui ne voient pas plus loin que leur portefeuille. D'autres, j'en ai eu la confirmation, qui ne veulent pas satisfaire aux exigences, subissent des pressions. Là, des animaux au pré sont malades, sans raison. Ailleurs, c'est une grange qui s'enflamme en pleine nuit. Bref, la tension monte.

La ligne de partage est en train de s'établir.

Sur l'ensemble de la filière du calva, il nous faut cibler nos actions. Laissons tomber la revente, elle nécessite une observation émiettée, que nous n'avons pas les moyens d'entreprendre en ce moment. Du côté des ateliers clandestins de transformation, notre action récente a dû tempérer des ardeurs, mais c'est un répit temporaire. Ils ne tarderont pas à trouver d'autres lieux et à acquérir le matériel nécessaire. Les passeurs, les transporteurs, jouent un rôle beaucoup plus intéressant. Ils constituent un maillon essentiel. Sans eux, un stock au fond d'une grange n'a aucune valeur marchande, si on ne peut l'écouler. Reste la production. Les distilleries nous sont accessibles. Certaines ont accepté de se doter d'un compteur qui enregistre d'une manière fiable la production des alambics. La plupart d'entre elles jouent le jeu et s'inscrivent dans l'activité économique normale. Toutefois, une inspection n'est pas à exclure. Sauf coup de théâtre, il n'y a pas grand-chose à attendre de ce côté. Je miserai, plus volontiers, sur les distilleries, qui refusent d'adopter le nouveau système de comptage et préfèrent le rapprochement entre les stocks dans les fûts et les livres d'enregistrement. Faites le tour des chais, même si vous ne trouvez rien, l'avertissement pourrait s'avérer salutaire pour quelques-uns. Reste l'hypothèse d'un alambic clandestin, mais là, c'est une autre histoire. Jamais l'administration n'a pu en saisir un seul. Pour qui lèvera l'omerta, c'est la mort assurée !

Présence physique, contrôles effectifs et action psychologique, voici nos armes.

Pour vous livrer le fond de ma réflexion, je reste persuadé que les alcools haut degré que nous avons saisis ne viennent pas du département, peut-être même pas de la région. Si cette intuition était confirmée par quelque fait, nous pourrions en tirer avantage en faisant savoir, haut et fort, que le milieu n'hésite pas à faire venir, à grands frais, la matière première de l'extérieur, et que l'argent ne profite même pas au terroir. Pire encore, les règles ancestrales des transactions financières sont menacées. Dites-leur, bientôt ils ne seront plus les maîtres chez eux. Voilà qui pourrait freiner bien des ardeurs, qui pourrait remettre en cause bien des coopérations.

Gardons-nous d'agir dans la précipitation. Nous sommes sur une poudrière. La faire exploser ne provoquerait qu'une diversion, c'est peut-être ce que certains espèrent. Agissons avec discernement. Méfions-nous des culs-de-sac, des "balances". Ne prenons pas tout pour argent

comptant. Faisons de nos contrevenants habituels, des alliés. Ce n'est qu'au prix d'un com-
promis temporaire, sur des points précis, que
nous arrêterons la pénétration du milieu dans
le bocage, que nous contrecarrerons l'offensive
criminelle, car, c'est bien de ça qu'il s'agit, n'en
doutons pas ! »

～～～

John, ces mots résonnaient à mes oreilles.
J'étais bien loin d'avoir imaginé pareille situation.
Je n'étais pas dans un film. Fabien Savignard
n'affabulait pas, n'était pas un conteur, mais
un agent des impôts. Un homme respectable
et respecté, lucide, rationnel, qui s'appuyait sur
des documents officiels, des procès-verbaux, et
sur sa mémoire professionnelle, pour construire
son exposé. Pas d'emballement, pas d'excès, pas
d'enjolivement, de la mesure dans les propos, un
récit, presque une déposition comme il en avait
fait bien d'autres, à la barre du tribunal.

～～～

Jamais je n'aurais imaginé, en m'aventu-
rant dans un chemin creux, à la recherche des

premières jonquilles, sous une lumière printanière tamisée par un enchevêtrement de jeunes rameaux, dans une symphonie de verts tendres, que j'aurais pu y croiser des barbouzes, sans nul doute camouflés sous une allure respectable, venus se livrer à quelque intimidation auprès d'un foyer mal disposé.

Cette Normandie, que je croyais connaître, me réservait bien des surprises.

9

Jusqu'à ce jour, je n'avais eu de contact qu'avec Fabien. J'exprimai le désir de rencontrer ses anciens collègues.

Certains d'entre eux étaient alors en retraite professionnelle, les autres n'exerçaient plus sous la responsabilité de Fabien. Ils étaient demeurés en poste avec des missions bien différentes.

Fabien les contacta. Ils acceptèrent de me rencontrer.

~~~

Maurice et Auguste ne s'étaient pas fait prier pour venir au rendez-vous. C'était, pour eux, l'occasion de reformer le couple de duettistes et d'évoquer quelques moments savoureux.
~~~

Dès mon entrée dans les locaux affectés au service, dans un entresol de la cité administrative, je reconnus Sylvain, le dernier à avoir rejoint la brigade, mais pas pour autant le plus jeune. La description, que m'avait faite Fabien, correspondait en tout point. Posé, soigné, tiré à quatre épingles quand les autres portaient des tenues vestimentaires plus décontractées, il ne supportait pas un col de chemise ouvert, été comme hiver. Ses camarades, peu avares de moqueries, disaient de lui que, sans sa cravate, il devait se sentir tel un gentleman de la City sans son parapluie et qu'il s'en trouvait déstabilisé, au point de perdre toute efficacité, ce qui était sans doute excessif.

Hugues, le plus jeune, un grand échalas, toujours prêt à bondir, se trouvait face à Fabien. Célibataire, d'une agressivité mal contenue, ses collègues l'asticotaient sans répit, ce qui le courrouçait plus encore. Ils lui prédisaient le célibat à vie, en raison de son incapacité à différencier un coup de griffe d'une caresse.

Maurice portait son accent sarthois comme on porte un insigne.

Fabien précisa :

– Quand je suis arrivé, il n'était pas si loin de la retraite et pourtant il avait conservé une foi dans sa mission qui le faisait se porter volontaire plus qu'à son tour.

ᨑ

Auguste, son cadet de deux ans, né à Barenton, département de la Manche, ce qu'il aimait à préciser en toute occasion, ne s'était jamais éloigné durant toute sa carrière, de plus de cent kilomètres de son lieu de naissance :

– Je garde toujours un œil sur le Mont Saint-Michel, les Bretons seraient bien capables de le déménager sans crier gare !

Lui aussi portait, haut et fort, la marque de son terroir, si bien que pour tous, il était devenu « Pur Jus ».

Restaient Alexis et Maxime, des complices, des copains, des sportifs, sur lesquels Fabien pouvait toujours s'appuyer. Piliers dans l'équipe locale de rugby, l'un et l'autre ne s'en laissaient pas compter. Ils conservaient leur sang-froid quels que soient les événements. Ils étaient aux avant-postes quand l'action l'exigeait. Ils savaient calmer le jeu quand les esprits s'échauffaient.

Enfin, seule femme de l'équipe, Céline, la secrétaire, était chargée de maintenir une présence féminine, dans des bureaux parfois désertés.

ᨑ

93

Les présentations faites, Fabien me laissa converser avec Maurice et Auguste. Ils avaient eu la responsabilité de faire le tour inopiné des distilleries. Maurice ne se fit pas prier. Prenant de vitesse Auguste, il se lança dans un récit épique et détaillé :

– C'était en novembre 1976. Bien avant d'apercevoir les cuves dressées dans la cour, un vent d'ouest portait, à votre rencontre, une odeur âcre. En remontant au vent, le nez en guise de gouvernail, sans errance, vous arriviez à la distillerie, même si de loin, les cuves de métal ne se distinguaient en rien de vulgaires silos.

Nous avions commencé de bonne heure. Il n'était que sept heures et nous entamions notre deuxième inspection. Nous venions de quitter la nationale 12, nous nous étions engagés sur la départementale 809 et suivions le fléchage publicitaire qui guidait jusqu'à la distillerie du père Elliot. Nous pénétrâmes, sans tambour ni trompette dans sa cour, aucun portail n'en fermait l'accès. La grande enseigne peinte, plongée dans les profondeurs de la nuit, se trouva un instant dans les phares de la voiture, avant de disparaître à nouveau dans les ténèbres. Pas de clôture, pas d'éclairage extérieur, pas de chien de garde, pourtant le père Elliot ne se laissait jamais surprendre par un visiteur. De jour comme de nuit, il vous laissait errer à la recherche d'une âme et mettait un malin plaisir à surgir, derrière vous, à vous apostropher, à user d'un luxe de détails à votre sujet. S'il ne vous connaissait pas, il imaginait quelque subterfuge qui vous désorientait un instant, et vous laissait croire qu'il savait à qui il avait affaire.

Votre voiture, votre silhouette, votre tenue vestimentaire, un signe qui aurait échappé à tout autre observateur lui suffisait pour avoir une idée de vous. Fin psychologue, il tapait juste, la plupart du temps.

L'absence de lumière extérieure ne nous empêcha nullement de nous diriger avec assurance vers le hangar abritant l'alambic.

〜〜〜

Auguste coupa la parole à Maurice :

— Il faudra qu'on vous emmène visiter les lieux, vous verrez ça ne manque pas de charme. Il y règne une atmosphère particulière. Tels que je vous connais, vous devriez aimer !

— C'est une bonne idée, mais laisse-moi continuer. Il est jaloux, il ne supporte pas que je parle pour deux. Auguste me précédait, c'est lui qui poussa la porte du hangar. Un rougeoiement

95

illumina la cour, comme si le feu avait embrasé instantanément les lieux. Le coup de flamme passé, l'œil était instinctivement attiré par une rampe alimentée au fuel, d'un bon mètre de diamètre, source à la fois de chaleur et de lumière. Pendant la campagne de distillation, un peu plus de six mois, ici, sans interruption, de jour comme de nuit, l'alambic chauffait, produisant environ mille quatre cents litres de calvados par vingt-quatre heures. Relayé toutes les huit heures, en principe, un seul homme suffisait à assurer le bon fonctionnement. Avant de pénétrer plus avant, nous étions demeurés, un instant, sur le seuil à contempler la machinerie de cuivre en feu. La nuit rehaussait le spectacle. L'alchimie qui se produisait, à l'abri du regard, dans cette tuyauterie complexe aux reflets irisés, n'avait plus de secret pour nous, et pourtant à chacune de nos entrées, nous étions sous le charme. À renifler cette odeur de pomme cuite, nous nous sentions chez nous.

– Sacrés veinards, vous arrivez juste à temps pour le petit-déjeuner !

Le père Elliot se tenait dans l'entrebâillement de la porte, juste derrière nous.

– Amenez-vous à la maison, j'ai une marmite de tripes sur le feu. Allez, Maurice, je vois ton œil qui s'allume, tu en meurs d'envie, ne te fais pas prier, tu connais la maison, c'est à la bonne franquette. Tu auras tout le temps de voir ce que tu veux après !

– La journée va être longue, pas le temps d'une pause.

On jette juste un coup d'œil en passant, histoire de vérifier que tu n'as pas bricolé une dérivation et que le compteur enregistre ta production.

– Fais ton devoir, chez moi tout est réglo. Tu le sais bien ! Dans le temps, je dis pas, mais au jour d'aujourd'hui, plus moyen de tricher. J'ai ma conscience pour moi. Si vous comptez m'empêcher de petit-déjeuner, c'est un mauvais calcul. Si vous avez besoin de moi, je suis à la cuisine. Albert doit être là, il roupille sans doute au lieu de surveiller l'alambic. Il sent votre présence comme pas deux, va finir par sortir de son coin avant longtemps. Salut Messieurs !

～

Nous commençâmes l'inspection, auscultâmes l'alambic. Dans le chaudron, le cidre arrivait sans discontinuer. Au contact du cuivre incandescent, chauffé par la flamme nue, il passait de l'état liquide à l'état gazeux. La vapeur

contenue dans la colonne de cuivre, qui sur-
plombait le chaudron, se refroidissait petit à
petit, retrouvait une forme liquide et s'écoulait
dans une tuyauterie, qui rétrécissait au fur et à
mesure qu'elle s'éloignait de la colonne centrale.
C'est cette sorte d'entrelacs qui nous intéressait
particulièrement. Dès l'instant où les vapeurs
se constituaient en gouttelettes, jusqu'au point
de passage au compteur officiel, des dérivations
sauvages pouvaient être établies. Chaque raccor-
dement de tuyau était scellé par un plomb, que
nous étions seuls autorisés à poser et à retirer.
Après une observation attentive, ils semblaient
tous intacts. Je m'approchai de l'alcoomètre,
tapotai sur le cadran. L'aiguille oscillait entre
72°5 et 73°.

C'est alors qu'Albert fit son entrée.

<center>~~~</center>

— Albert, tu ferais bien de surveiller ta machine,
tu es au maximum, même un poil au-dessus.

— Je viens juste de le remonter, y'a pas dix
minutes, il avait chuté à 69°.

Il s'approcha et ajusta l'instrument de mesure.

— Tu viens avec nous ?

<center>~~~</center>

Nous franchîmes la porte qui menait au cellier. Le tuyau de cuivre qui provenait de l'alambic traversait le mur pour rejoindre le compteur, installé dans l'entrepôt lui-même. La vieille porte à deux battants, qui marquait la séparation des lieux, grinça sur ses gonds. Elle n'était l'objet d'aucune attention.

– Tu pourrais t'en occuper et lui mettre un peu de « trois en un », je n'aime pas le manque d'entretien. Chaque fois que je passe, je t'en fais la remarque. Tu t'en moques !

Albert, nullement perturbé par la remarque de Maurice, rétorqua :

– C'est pas plus mal qu'elle couine, personne n'entre sans que je le sache ! De l'huile, j'en ai pas, elle serait plus facilement baptisée au calva ici !

Il faut que vous imaginiez les lieux. Le bâtiment était vaste comme un immeuble. Rien à voir avec le hangar que nous venions de quitter et qui protégeait l'alambic. Plus long que large, haut comme trois étages d'habitation, peu d'espace libre, juste de quoi circuler entre les rangées de fûts, impeccablement alignés, au carré, bien assis sur des traverses de chêne, calés, rehaussés à cinquante centimètres du sol pour la rangée la plus basse, afin de permettre à l'eau et à l'air de circuler sans entrave et sans causer de préjudice au bois.

Selon leur taille, les fûts s'empilaient sur deux, trois, quatre niveaux. Demi-pipe, pipe, tonne, foudre, de 300 à 30 000 litres (oui, il n'y a pas d'erreur de frappe !), selon la capacité du contenant, les travées étaient complètes. Chaque futaille portait, inscrite à la craie blanche, l'année de distillation de l'eau-de-vie qu'elle conservait, parfois depuis des décennies. Le chai contenait un trésor.

⌇

Tandis que je contemplais les lieux et les alignements, Auguste s'était préoccupé du compteur. La volumétrie semblait marcher normalement, enregistrant les litres d'alcool produit par la machine de feu. Au travers du hublot voisin, l'aiguille indiquant le degré d'alcool oscillait entre 70° et 71°

– Tout est O.K. ?

Albert, conscient de sa responsabilité, posait la question et espérait vivement notre approbation ?

Nous fîmes mine d'acquiescer.

Après le passage du compteur, le liquide emplissait un petit bac ouvert à l'air libre, avant de poursuivre son voyage à travers des tuyaux souples, jusqu'à sa destination finale, une futaille dans laquelle il se reposerait.

Albert, d'un geste rituel plongea dans le liquide, un verre à digestif qui restait là, à demeure. Il le leva jusqu'à hauteur d'yeux, l'orienta dans la lumière tamisée et en observa l'aspect. Le liquide était transparent, incolore. Il offrit son verre à Auguste. Celui-ci l'approcha de son nez, huma dans un geste machinal avant d'écarter le verre dans un mouvement de répulsion. La violence des effluves de l'alcool l'avait surpris, pourtant il y était accoutumé.

– Goûtez-y, ajouta Albert.

〜〜〜

Auguste se contenta de mouiller l'extrémité de son index et de le porter à ses lèvres.

– Elle arrache, faut qu'elle se fasse !

La porte s'ouvrit sous les coups de butoir du père Elliot.

– Puisque vous boudez ma cuisine, j'ai apporté la tambouille, sentez-moi ça ! Faites maison, évidemment !

〜〜〜

Pour ma part je résistai. « Pur jus » piqua l'unique fourchette à deux ou trois reprises dans le marmiton, en qualifiant son geste « de péché de gourmandise ».

Albert ne se fit pas prier pour terminer la pitance.

Je profitai de la présence du père Elliot pour réviser mes connaissances.

– Quel est le plus vieux calva que tu conserves ici ?

– 1931, année de naissance de mon fils. Une tradition, on ne vend pas, on profite, on offre, que pour les grandes occasions, pour les amis, la famille. Il n'en reste quasiment plus… Albert, combien ?

– Le fond d'une demi-pipe, guère plus…

– Il faut reconnaître qu'à son mariage, on en a tiré quelques litres, pas vrai Albert ?

– Dame oui !

– Après c'est 1937, année de naissance de ma fille. Venez voir un peu par là.

Il nous entraîna, comme il l'avait déjà fait cent fois, pour un tour de cave. Nous n'opposâmes aucune résistance.

À chaque travée, il se posait, bien en équilibre sur ses deux jambes, un peu écartées, droit comme un i malgré son âge, il marquait une pause et nous racontait une anecdote. Il jubilait devant ses barriques. Son chai, c'était la fierté de sa vie. À lui seul, il suffisait à justifier toute son existence.

Alors que nous arrivions à la dernière travée, il prit un ton un peu solennel. Devant les trois foudres de 30 000 litres chacune, il demeura silencieux un instant.

∿

– Quel bel ouvrage ! Des tonneliers capables de faire ça, y'en a plus ! C'est mon arrière-grand-père qui les a fait fabriquer. Les tonnes ont été mises en place avant même que le bâtiment fût achevé. Jamais on aurait pu les y faire entrer après. C'est peut-être ce qui a empêché les Allemands de me les confisquer, pourtant ce n'est pas faute de les avoir reluquées !

Pendant la dernière guerre, les nuits de bombardement, je crois bien qu'on aurait pu me surprendre en train de prier Dieu d'épargner mes tonnes. Les Allemands auraient pu détruire, brûler ma maison, je m'en foutais, mais qu'une bombe éventre mes barriques, crénom de nom, jamais ! Ils venaient régulièrement s'approvisionner ici. Réquisition ! Réquisition ! Je les entends encore ! Avec Albert, on les a couillonnés, hein Albert, on n'était pas mécontents de nous. Quand

103

on a vu la tournure des événements, leurs visites de plus en plus fréquentes, on a vite compris qu'à la Kommandantur, les produits du père Elliot étaient appréciés. On a modifié toutes les dates sur les fûts, si bien qu'ils ont cru emporter le meilleur alors qu'on leur donnait du calva de l'année.

～

— On se privait pas pour l'allonger et le caraméliser, hein patron, on peut le dire aujourd'hui. Sacré nom d'un chien, z'avaient qu'à pas venir nous dépouiller !

— De ces années-là, on n'a plus de stock, mauvais souvenir. On a perdu trop de copains…

～

Caressant le bois de la paume de la main avec une délicatesse qu'on n'aurait pas soupçonnée de sa part, il ajouta :

— C'est tout de même autre chose que des cuves en inox ou en poly… polyéthylène… Mon fils a beau revenir à la charge régulièrement, pas de ça chez moi, pas dans mon chai, tant que je serai vivant.

104

Il frappa de rage sur la tonne.

— La modernisation, je ne suis pas contre, la preuve, j'ai laissé installer la nouvelle cidrerie, mais à la condition de respecter la tradition et la qualité. Notez que mon fils n'a pas toujours tort non plus. Ce bâtiment n'est plus adapté. Cet été, avec la sécheresse, on a souffert autant que les barriques. Tu peux me croire, « Pur jus », il faisait bon ici. Albert a passé son temps à arroser pour rafraîchir l'atmosphère et tenter de maintenir une température correcte. Mes lascars, cette année, vous n'avez pas fini de discuter de la part des anges![1]

— On verra ça plus tard. On ne s'ennuie jamais avec vous, mais la journée ne fait que commencer, et on a encore à faire.

— Un petit café avant de partir? Allons à la quincaillerie d'Albert, vous ne pouvez pas lui refuser!

⁓⁓⁓

Nous quittâmes le chai pour retourner près de l'alambic. Dans un renfoncement du hangar,

---

1. La part qui s'évapore et qui fait l'objet de discussions lors des rapprochements des stocks.

un espace, quasi privatif, s'organisait autour de quelques planches. C'était ce qu'il était convenu de désigner « la quincaillerie d'Albert ».

∿

C'était un bric-à-brac indescriptible, fait d'objets tous indispensables à l'activité du maître des lieux, selon sa propre opinion. À la simple suggestion d'effectuer un tri sélectif et rationnel, il montrait les signes d'un désaccord profond et menaçait d'une rupture de dialogue irrémédiable.

Pas de gros volumes envahissants, faisait-il observer pour sa défense, et c'était la réalité. Rien que de petits objets, des quantités de pièces minuscules, parmi lesquelles on trouvait aussi bien des pointes, des clous, des vis, de toutes dimensions et pour tous les matériaux ; des crochets, pour suspendre des tableaux aussi bien que pour fixer une ardoise sur un toit ; des mèches capables de percer du bois, de la brique, du placo, du béton ou de la ferraille ; des chevilles en plastique de toutes les couleurs ce qui égayait l'ensemble ; des mousquetons, du fil de fer, un tire-bonde, des charnières, des fusibles ; en état et hors d'usage sans différenciation ; des dominos, des tire-fonds, des serrures, des targettes, des cadenas sans clef devenus inutiles, des crémones, un tire-clou, bref, une vitrine qui témoignait de l'univers d'Albert.

Au mur, quelques clous enfoncés dans un morceau de sapin servaient à accrocher des quarts de fer-blanc. C'était le seul espace ordonné. Juste en dessous, à l'aplomb, sur une table bancale qui avait connu plusieurs « restaurations », pas forcément à « l'identique », la cafetière, en ferraille elle aussi, comme si Albert avait eu le souci de l'assortir aux tasses, attendait qu'on la remplisse. Elle avait accompagné Albert dans toutes ses campagnes et n'avait pas été au contact d'un quelconque détergent depuis… bien longtemps.

Si vous aviez, d'un regard, montré quelque étonnement en voyant sa couleur, Albert vous aurait répondu avec sa simplicité habituelle, qu'elle était culottée, un point c'est tout. Elle naviguait entre la table et la fournaise de l'alambic. Bien souvent oubliée dans la zone de rayonnement du fourneau, pour peu qu'on prit soin de la remplir de liquide, elle délivrait à toute heure du café bouillant.

À la réflexion, l'emploi du mot café, à défaut de constituer une tromperie sur la marchandise, relève plutôt d'un abus de langage. Loin de la définition courante du café, la recette d'Albert avait été mise au point, depuis des temps immémoriaux, et n'avait, preuve de l'absence de prise du progrès sur lui, jamais connu d'amélioration. La seule explication plausible, c'était sans doute qu'elle avait toujours donné satisfaction aux consommateurs habituels. Quant aux visiteurs occasionnels, ils n'avaient jamais osé exprimer librement leur avis.

Peu préoccupé de protéger son secret de fabrication, Albert vous livrait volontiers sa recette. Un verre de café moulu, un verre de chicorée, un verre de calva, vous arrosez ensuite régulièrement d'eau la mixture. Les premiers services étaient raides, mais au fur et à mesure que le temps passait, le breuvage perdait du tempérament pour finir par n'être plus qu'une eau chaude au goût incertain. Quand Albert, lui-même, ne trouvait plus le mélange assez tonique, il jetait sur le marc, un verre de goutte, ce qui rehaussait la saveur et prolongeait sa consommation pour quelques heures encore.

Un coup de chaleur, un coup de fatigue, un coup de froid, une gueule de bois, une indisposition passagère, une contrariété, une indigestion, un tourment, un haut-le-cœur, une envie insatisfaite, une aigreur, un chagrin d'amour, quoi que vous énonciez comme douleur, Albert vous proposait un quart de son breuvage et vous garantissait une remise sur pied immédiate.

~~~

Ce personnage m'amusait. J'interrompis Maurice et émis le souhait de le rencontrer.

~~~

— Pourquoi pas, si vous êtes prête à subir l'épreuve du café ! Au fait, « Pur Jus » je n'ai jamais compris comment tu pouvais avaler des tripes de si bon matin, tu m'épateras toujours !
— Question de culture comme on dit aujourd'hui ! Chez moi, vois-tu, il y avait plus souvent des tripes au petit-déjeuner que des croissants. Je partais à l'école à pied, quel que soit le temps, par des chemins de campagne. Ma mère nous donnait une nourriture consistante.

~~~

Plus que jamais intéressée par la perspective d'une visite des lieux, je posai une question :
— Le père Elliot est-il toujours là ?
— Oui, bon pied bon œil, je l'ai croisé au marché, il y a peu de temps.
~~~

– Officiellement, c'est le fils qui gère l'affaire, mais il n'a pas encore les mains totalement libres.

– À sa place, je ne piafferais pas autant d'impatience. Les soucis, on a bien le temps de les voir venir.

– Son père lui laisse une affaire saine. Il a pris le bon train. Il a compris que l'avenir de sa distillerie tenait à son développement commercial et que la qualité primait avant tout.

– Ce n'est pas comme Froger, celui-là…

– Justement, ce fut notre prochain client, nous sommes allés contrôler l'atelier de Froger.

– En voilà un qui ne voulait pas entendre parler d'un compteur. Il était persuadé de tirer de la situation présente un bien meilleur bénéfice, c'était compter sans nous, n'est-ce pas Auguste ?

～〰〜

Ils me contèrent la suite de leur inspection chez Froger. Maurice, bon joueur, proposa à « Pur Jus » de prendre le relais :

– Avant de nous diriger vers le bureau de la cidrerie, nous allâmes saluer le contremaître, occupé à veiller à l'alimentation en continu des matières premières nécessaires à la bonne marche de la cidrerie.

La cour était traversée de petits caniveaux qui, tels les rayons du soleil, partaient des silos à pommes pour venir aboutir à un noyau central. Quand l'activité de l'entreprise s'arrêtait, pour pouvoir circuler sans encombre, on les recouvrait de planchettes en bois. Remplis d'eau, par flottaison, ils véhiculaient les fruits jusqu'à une vis sans fin qui les déversait dans un broyeur, avant de presser la pulpe pour qu'elle rende son jus. Rien ne se perdait, le jus fermentait pour devenir du cidre, les résidus de pulpe déshydratés finissaient en aliments pour animaux.

Le défilement continu des pommes, au gré des eaux, était un spectacle vivant. À chaque instant, une œuvre éphémère se dessinait, aussitôt remplacée par une autre d'une harmonie tout aussi fugace. Tantôt le carmin dominait franchement, puis le jaune Aurèle tentait de s'imposer, tandis qu'un vert panaché se faufilait sournoisement profitant d'un engorgement, bousculant au passage un velours d'incarnat.

Le contremaître s'interrompit un instant :
— Le dernier silo se vide, on arrête la cidrerie ce soir. La récolte n'a pas été bonne. Le temps

de nettoyer les installations et lundi on met en chauffe l'alambic, on attaque les stocks de cidre.

– Vous ne perdez pas de temps ! Ton patron est là ?

– Non, mais la patronne est au bureau, vous connaissez le chemin.

〰

Madame Froger s'occupait de sa maison, élevait six enfants, tenait la comptabilité de la distillerie. Si une commande urgente se présentait et que son mari fût absent, situation la plus probable, elle n'hésitait pas à charger la camionnette et à livrer elle-même. À l'adolescence, elle n'avait pas développé une stature exceptionnelle, mais elle n'était pas demeurée fluette pour autant. Aujourd'hui, elle inspirait de la pitié.

Elle donnait l'impression d'être en permanence épuisée, sans doute l'était-elle réellement. Seule l'habitude devait lui donner la force de se mouvoir encore.

D'année en année, à chacune de mes visites, je la voyais se tasser sur elle-même, de manière prématurée. Son beau visage de jeune fille n'était plus qu'un souvenir. Il ne reflétait plus, depuis des lustres, la joie de vivre ou quelque sentiment s'en approchant. Il n'affichait plus que ses blessures, ses ressentiments, ses désillusions. Plus fort que des mots l'auraient raconté, les stigmates de sa vie se lisaient, de manière durable et prégnante, sur son corps. Elle fondait, s'effaçait, s'estompait, se préparait à disparaître sans bruit, dans l'indifférence de son conjoint.

Était-ce un souhait si profond de ma part que je croyais décrypter dans son regard, des appels au secours. J'avais parfois l'impression que ses yeux attendaient, guettaient, espéraient un signe d'encouragement pour trouver la force de vivre encore.

Elle avait accepté d'être la femme de Froger pour le meilleur et pour le pire. J'aurais aimé la voir se révolter. L'entendre, rien qu'un instant, rien qu'une fois, élever la voix, piquer une colère, se vider, exploser, livrer le fond de sa pensée. J'aurais aimé qu'elle crie qu'elle n'avait connu que le pire et qu'elle voulait maintenant le meilleur. Mais au lieu de ça, de cette marque d'attachement à la vie, elle n'exprimait que la résignation. Sans doute se consolait-elle en comparant son sort à celui de ses voisines. Quelques-unes avaient l'impression d'avoir tiré le bon numéro. Elles en parlaient quelquefois, entre elles, durant les rares instants de répit, quand les hommes étaient à la chasse et qu'elles prenaient le temps de boire le café et de partager une brioche. Toutes, à l'exception près, elles étaient plus ou moins logées à la même enseigne.

Quant aux hommes, ils évoquaient rarement les femmes. Quand l'occasion se présentait, chacun disait volontiers que son épouse ne manquait de rien.

« La mienne tient pas au cadeau. Quoi lui offrir ? Elle a tout le nécessaire. » Pas un ne s'interrogeait sur le superflu.

« Et puis quoi, encore ! Quand on a tant de mal à gagner l'indispensable ! C'est tout bonnement de l'argent gaspillé ! »

« Lui acheter des fleurs, voilà bien une idée de gens de la ville. Ici y'a-t-il pas ce qu'il faut dans les champs ! »

D'ailleurs, même pour le nécessaire, ils ne se décidaient pas sur un coup de tête. Que l'un d'entre eux, plus malléable, se laisse mener par le bout du nez, achète une nouvelle gazinière, un lave-linge, et bientôt tous étaient saisis des mêmes doléances. Aucun n'avançait en franc-tireur sans s'être assuré que les autres suivraient, bon gré, mal gré.

Nous poussâmes la porte du bureau.

– Bonjour Madame Froger, déjà au travail, vous allez bien ?

– Oui.

– Vous devinez l'objet de notre visite. On va faire un inventaire.

– Aujourd'hui, nous terminons la campagne de cidre, il y a beaucoup à faire, et mon mari n'est pas là. Vous ne voulez pas revenir demain.

– Je regrette de ne pouvoir vous donner satisfaction.

– Dans ce cas, je vais essayer de le joindre au téléphone. Je ne sais pas au juste où il se trouve.

– Nous attendons dans la cour, tenez-nous au courant de vos démarches. Si vous n'arrivez pas à le prévenir, nous devrons commencer sans lui.

༊

Quelque dix minutes plus tard, Froger arrivait au volant de sa camionnette sans âge.

– On peut dire que vous avez le chic pour débarquer au mauvais moment, vous !

– Nous ne sommes jamais accueillis chaleureusement. Nous en avons pris notre parti. Plus vite nous aurons terminé, moins nous vous dérangerons, allons-y ! On commence par faire les stocks dans le magasin, ensuite, on rapprochera ça des écritures.

Avec calme et méthode, sous l'œil tourmenté de Froger, Maurice et moi avons passé en revue les fûts de cidre et de calva, avant de constater que les soldes ne correspondaient pas.

— Il devrait rester cent quatre-vingt-un hectolitres dix-huit litres et quelques centilitres d'alcool. Ça colle pas !

— C'est pas Dieu possible ! Y'a pas huit jours tout tombait juste ! Comment que ça se fait ? C'est ma femme qui tient les registres, c'est pas comme si c'était moi. La faute vient de vous.

— Personne n'étant parfait, on reprend tout à zéro.

On retourne au magasin.

À chaque pesée, à chaque jaugeage, nous requérions l'acquiescement de Froger. Le résultat fut identique. Il possédait quatre cent soixante-deux litres d'alcool pur en trop en magasin. Du côté de la matière première, le cidre, le résultat n'était pas meilleur.

Pour sa défense, Froger prenait à témoin sa femme.

— Tu y comprends quelque chose toi ? Tout ce qui entre ici, c'est toi qui l'enregistres. La chaleur de cet été a tout chamboulé, je vois que ça comme explication !

– Quatre cent soixante-deux litres en trop Monsieur Froger, voilà ce que je retiens. Que cela vous serve de leçon ! Votre compte d'exploitation n'avait sûrement pas besoin de ça ! Croyez-moi, vous devriez accepter la pose d'un compteur, Madame Froger verrait sa tâche sérieusement simplifiée.

Me tournant vers elle qui était demeurée silencieuse depuis le début, j'ajoutai :

– Vous devriez convaincre votre mari !

Ses yeux disaient : « Il n'en fait qu'à sa tête ! »

Elle esquissa une moue et fit un geste, comme pour me signifier qu'il n'y avait rien à attendre.

〜〜

Je remerciai Auguste et Maurice. L'un et l'autre avaient fait un récit plein d'humanité. Leur tournée d'inspection dura toute la semaine. À part quelques contraventions, ici et là, elle n'apporta pas d'éléments déterminants pour l'enquête en cours.

10

Fabien Savignard me proposa une escapade à Bagnoles-de-l'Orne. Il me donna rendez-vous devant le Casino, en fin de journée. Il faisait encore jour mais la lumière commençait à décliner. Il était déjà là, ponctuel, comme à son habitude. Il m'entraîna sans plus attendre pour un tour du lac, promenade rituelle de la station thermale, certes, mais je n'imaginais pas que nous fûmes ici pour des motifs touristiques. Il avait sans doute une idée en tête. Quand nous fûmes arrivés sur la rive opposée, il m'invita à m'asseoir sur un banc. En face de nous, havre lumineux, le Casino se détachait dans la nuit. Ses néons étaient comme autant de clins d'yeux avenants aux automobilistes égarés.

Sans plus attendre Fabien me livra les motifs de ce rendez-vous insolite.

~~~

« Imaginez-vous en mai 1977, la saison débutait mollement. Les rues étaient quasi désertes, comme ce soir. Elles ne s'animaient que le week-end. Le Casino, la plupart des restaurants, les galeries d'art nombreuses, les boutiques de mode, de souvenirs, étaient fermés durant la semaine. Seules quelques échoppes permettaient aux autochtones de s'approvisionner. J'avais rendez-vous, moi-même, sur ce banc, ou peut-être un autre voisin, mais la situation était identique, juste en contrebas de la mairie. L'affluence à cette heure, en ce lieu, comme ce soir, n'était pas telle que mon interlocuteur pût se tromper et me confondre avec un autre. D'autant que, si j'ignorais son identité, lui me connaissait. J'étais arrivé bien avant l'heure. J'étais venu seul. J'avais fait quelques repérages, observé les occupants des rares bars ouverts, vérifié les voitures en stationnement sur les parkings à la recherche d'indices, de présences connues. Je n'éprouvais aucune peur. Dans ma carrière, des rendez-vous nocturnes, j'en ai eu quelques-uns, dans des lieux bien plus insolites. Dans un cimetière, une car-
~~~

rière, à la croisée de chemins près d'une fontaine, d'un calvaire, bref des lieux a priori isolés, rarement au cœur d'une ville. L'homme avait appelé la brigade avec une certaine insistance et constance. Il ne voulait pas d'intermédiaire, ne voulait parler qu'à moi seul. Au téléphone, il ne fut guère bavard. Il voulait me rencontrer, rapidement, discrètement. Évidemment, je posai la question, pourquoi ? et n'eus pas de réponse. En une phrase concise, il indiqua, « vous ne serez pas déçu », fixa un lieu, une heure, pour le soir même, et raccrocha sans même entendre mon interrogation. Comment vous reconnaîtrais-je ?

Je suis venu, me suis assis, et ai commencé à attendre. D'où allait-il surgir ? Il était encore trop tôt pour qu'il se montrât. La lune diffusait une lumière intermittente. D'épais nuages avançaient à vive allure masquant le halo lumineux. Les eaux du lac, tel un sémaphore, passaient du noir profond à l'éclat d'argent, au point que je clignais des yeux sous la violence du reflet, et dus détourner la tête. C'est à ce moment que je découvris une forme humaine, qui se déplaçait dans l'allée et venait dans ma direction. Ce ne pouvait être que lui. Parvenu à ma hauteur, il s'arrêta et vint s'asseoir sans hésitation près de moi.

〜〜

– Belle nuit, ciel agité.

– Oui.

– Vous avez bien fait de venir.

– J'espère que ce n'était pas seulement pour profiter des beautés de la nature.

– Rassurez-vous, vous y trouverez votre compte.

Ces quelques phrases échangées me permettaient de chercher dans ma mémoire auditive, si cette voix me disait quelque chose. Rien pour le moment.

〜〜

– De quoi s'agit-il ?

– D'un marché.

– Je m'en doute, quel marché ?

– De l'argent contre le renseignement que je suis en mesure de vous communiquer.

– Je ne paie qu'exceptionnellement.

– C'est du premier choix. Mais je veux des garanties.

– Lesquelles ?

– Le silence d'abord, bien sûr. Il y va de ma vie.

– Vous pouvez compter sur moi.

– Comment me paierez-vous ?

– N'ayez pas d'inquiétudes. Pas par mandat administratif. Le Code des impôts et l'administration chargée de le mettre en œuvre ont tout prévu, même… (j'allais ajouter les donneurs, mais je me ravisai)… les situations de ce genre (officiellement on parlait « d'aviseur »). Je devrai remplir des formulaires pour avoir l'argent, mais personne n'y regardera de trop près, un faux nom suffira.

– Et l'argent ?

– En espèces bien entendu. Il faudra que vous acceptiez la condition que j'y mets. Un de mes collaborateurs m'accompagnera. Il ne sera pas tenu de vous identifier. Je réponds de son silence. Je veux juste un témoin de l'échange. Je ne veux pas courir le risque, un jour ou l'autre, d'un quelconque soupçon à mon endroit. Il faut qu'il n'y ait aucun doute sur la destination de l'argent. Vous comprenez !

– Oui.

– Je vous rassure, vous n'aurez pas à déclarer cette somme dans vos revenus. C'est net d'impôt ! Voilà qui devrait assurer un certain avenir à cette disposition administrative.

– Combien me paierez-vous ?

– Ne vous attendez pas à faire fortune. L'administration est pingre avec ses agents, de même elle l'est avec… disons ses collaborateurs occasionnels. Il faudra que vous me fassiez confiance. Vous n'avez pas le choix. C'est moi qui fixerai le prix de votre rémunération et qui me chargerai de convaincre mes supérieurs du bien-fondé du marché. Pour les renseignements les plus importants, il faut compter dix mille, vingt mille francs, pas plus. Il reste encore une condition pour que nous fassions affaire. Répondre à cette question. Qui êtes-vous ?

– Vous n'avez pas besoin de le savoir, vous avez dit vous-même, un faux nom suffira.

– Je veux savoir avec qui je traite, question d'éthique personnelle. Vous avez ma parole, en aucun cas je ne révélerai votre identité. Si vous refusez, ce n'est pas négociable, séparons-nous.

<center>~~~</center>

Après un long moment d'hésitation, l'homme alluma son briquet, il l'approcha de son visage. Dans la flamme vacillante, je l'aperçus.

– M'avez-vous reconnu ?

– Oui, je crois… Il reste à connaître la nature du renseignement.

– Un alambic clandestin.

<center>~~~</center>

Heureusement que nous étions dans la pénombre car je crois qu'il aurait pu discerner sur mon visage, mon étonnement. Je gardai mon sang-froid.

– Vous voulez dire un alambic qui fonctionne au-delà des horaires autorisés, déclarés.

– Mieux que ça. Vous m'avez parfaitement compris. Un alambic non déclaré, non estampillé, sans poinçon, ignoré de vos services.

– Effectivement, vous avez vu juste. Je suis intéressé. Où se trouve-t-il ?

– Doucement, donnez moi votre parole d'honneur que vous tiendrez vos engagements, qu'à aucun moment, en aucune circonstance, j'apparaîtrai. Vous savez que je risque ma peau !

– Je sais. Vous avez ma parole d'honneur. Dites-vous bien que si je donnais votre nom ou celui de n'importe lequel de mes informateurs, jamais, plus jamais, je n'aurais le moindre renseignement. Nous sommes liés. Vous ne pouvez plus revenir en arrière. Vous devez aller jusqu'au bout maintenant et me fournir les éléments qui me permettront d'aboutir à la saisie de l'alambic.

– Donnez-moi un téléphone sûr, auquel je puisse vous joindre à tout moment. Tenez-vous prêt, ce ne sera que l'affaire de quelques jours, je suppose. Vous aurez le tuyau.

– Du précis ?

– Du précis.

– Encore une question. Pourquoi faites-vous ça ?

– Cela ne vous regarde pas.

– Simple désir de comprendre. Pas pour l'argent ? Pas par souci du respect des lois non plus, j'imagine.

– Finissons-en. Pour le paiement, aussitôt l'affaire faite, je vous téléphone pour un autre rendez-vous.

– Allumez votre briquet. Je vais vous griffonner un numéro, c'est mon téléphone personnel. Ne le communiquez à personne, ne donnez aucune explication à ma femme, juste le message, je comprendrai.

– Je pars devant, attendez quelques minutes, personne ne doit soupçonner que nous nous sommes rencontrés. »

Sur le banc, assis près de moi, Fabien s'était enflammé, sans doute comme le soir de la rencontre. Évidemment, la question me brûlait les lèvres :

– Qui était-ce ?

– Impossible de vous répondre.

J'insistais, pour mon enquête, pour ma curiosité personnelle, il y avait sans doute prescription, les temps n'étaient plus les mêmes… rien n'y fit.

– Je ne peux lever le secret, pour votre propre sécurité, pour la mienne, pour celle de l'homme. Même mes collaborateurs ne l'ont jamais su. Ne croyez pas qu'avec le temps les esprits se soient apaisés, une révélation intempestive ferait des dégâts.

– Avez-vous une idée sur sa motivation ? Pourquoi ?

– Donnait-il un parent, un ami, un concurrent, était-ce une basse vengeance, un juste retour des choses selon son appréciation, je ne sais. Ce peut tout aussi bien être une affaire de jalousie, de mœurs, d'argent. En tout cas, moi je ne me posais pas la question, à cet instant. J'étais impatient d'en découdre. J'éprouvais une excitation intense que j'aurais bien du mal à dissimuler à ma famille. Je m'évertuais à les tenir en dehors de tout ça. Rentrer aussitôt, c'était m'exposer aux questions de ma femme. J'avais faim, d'ailleurs comme ce soir, alors je me suis offert un dîner près d'ici.

Je vous propose de poursuivre notre conversation dans ce même endroit.

11

Quelques kilomètres nous séparaient du Manoir du Lys, un hôtel-restaurant de charme, niché dans la forêt des Andaines, célèbre pour sa cuisine et son calme. Sans être une habituée, je connaissais les lieux. En entrant, je parcourus du regard la salle à manger. Deux couples d'Anglais en villégiature, une tablée de cadres réunis, sans doute en séminaire, un duetto en passe de s'énamourer qui vraisemblablement comptaient sur la discrétion de l'endroit pour se retrouver, personne qui me fut connu.

Nous nous installâmes et passâmes notre commande avant de reprendre notre conversation que j'entamai sans plus attendre.

– Dites-moi, pour un fonctionnaire, vous avez des cantines chics !

Je vous rassure, c'était exceptionnel! À la vérité, mon épouse est très soucieuse de sa ligne. Elle est très branchée régime. L'inviter à une bonne table, c'est me condamner à la voir picorer une assiette de crudités. Elle ne m'adresse aucun reproche, ne se mêle pas de mes choix culinaires, mais d'une certaine façon, elle me culpabilise. Je m'autocensure et mon plaisir se trouve quelque peu contrarié. J'avoue que ce soir-là, j'avais faim, j'étais d'humeur joyeuse, j'ai profité du talent du chef sans retenue.

L'endroit était alors moins flamboyant, il n'y avait pas encore de piscine, mais il tenait déjà sa réputation. Quand je suis entré, je n'ai nullement prêté attention aux autres convives. Le maître d'hôtel s'est occupé de moi, m'a conseillé et m'a laissé dans les mains la carte des vins. Alors que j'étais en plein dilemme, qu'allais-je choisir, un bordeaux, un bourgogne, ou peut-être un vin de Loire, je n'avais pas levé les yeux vers l'homme qui se tenait près de moi. À tort, j'avais cru qu'il s'agissait du sommelier qui attendait que je lui indique ma préférence. « Bonsoir Monsieur Savignard. »

La prononciation de mon nom fut un véritable coup de théâtre. Je détournai les yeux de ma lecture.

Avec son costume plutôt bien coupé, sa chemise blanche, sa cravate, rasé de près, le cheveu soigné, il me fallut quelques instants pour identifier mon interpellateur. Il était transformé et beau gosse. C'était Louis Giroud, en personne.

Il insista pour me présenter à ses invités et à son épouse. Gêné, je finis par me lever et m'approchai de leur table. Linette Giroud était éblouissante, méconnaissable. Robe noire, collier de perles, les cheveux libres sur les épaules, juste une pointe de maquillage pour mettre en valeur ses yeux, rien ne laissait entrevoir qu'à d'autres moments, elle pouvait s'affairer dans la cour de sa ferme aux travaux quotidiens, comme lors de notre première rencontre. Sa réputation la précédait. J'avais déjà entendu des commentaires sur le charme qu'elle exerçait sur les hommes, mais j'étais alors loin d'être convaincu. Là, j'étais muet. Les « brèves de comptoir » étaient superbement incarnées.

Louis Giroud fit les présentations, m'invita à dîner en leur compagnie. Je protestai, refusai catégoriquement, expliquai que ma position me l'interdisait. Rien n'y fit. Impossible de sortir de leurs griffes amicales sans se montrer incorrect. Déjà, le maître d'hôtel avait installé un couvert supplémentaire. C'est Linette Giroud qui m'asséna le coup décisif.

– Monsieur Savignard, sommes-nous indignes
de vous, sommes-nous des personnes à ce point
infréquentables ? Nous vous invitons en toute
simplicité, courtoisement, sans arrière-pensée. Il
y aurait du déshonneur pour vous à dîner avec de
simples paysans, qui passent une soirée amicale
avec leurs amis.

Son mari ajouta, comme pour justifier leur
présence inattendue en ce lieu :

– Nous ne prenons jamais de vacances. Nous
nous offrons un repas de temps à autre. Acceptez,
vous ferez plaisir à ma femme et à nous par-dessus le marché. Cela ne changera rien, si vous
devez m'arrêter demain, eh bien vous m'arrêterez
et je ne vous en voudrai pas.

J'ajoutai :

– Et je le ferai, sans rien changer à ma manière.

– Top-là, asseyez-vous. Servez Monsieur ici,
et apportez-nous une autre bouteille de Dom
Pérignon. Ma femme a une préférence pour ce
champagne. Ce soir, je lui offre tout ce qu'elle
désire. Je lui dois bien ça.

Voilà pour la suite de cette soirée.

– Vous avez dîné avec eux, alors !

– Oui, je n'étais pas fier de moi au début, un peu crispé. Je m'adressais mille reproches, j'avais particulièrement mal géré l'affaire. J'aurais dû partir, quitter les lieux, mais j'avais déjà passé commande. Je me savais capable fondamentalement de ne rien changer à mon attitude, mais n'empêche que je le vivais mal. Puis, est-ce l'effet du champagne, de la conversation amicale qui s'est installée, peu à peu je me suis détendu, et tout compte fait, j'ai passé une excellente soirée. J'ai découvert des gens sous un jour inhabituel. Ils semblaient tous vivre leur vie sans se poser des questions existentielles, prenant les bons et mauvais côtés avec, comment dire, bonhomie, oui, c'est ça. Aujourd'hui, un champagne millésimé, un grand cru, un homard, et demain, ils se régaleraient, avec une humeur égale, d'un verre de cidre âcre. Aujourd'hui, ils étaient vêtus comme des princes, demain, ils seraient aussi à l'aise l'un dans un vieux paletot de velours, l'autre dans un sarrau. Croyez-moi, il y a dans ces attitudes une vraie philosophie de la vie, qui échappe aux observateurs patentés.

– Sans doute, je ne suis pas loin de partager votre opinion. Et cet alambic, vous m'en parlez, vous faites durer le suspense.

– Oui, oui, je vais y venir, mais, moi-même, j'ai dû attendre quelques jours avant d'en savoir plus. Je n'avais rien révélé à mon équipe, sauf de se tenir prête pour une opération que j'entrevoyais importante. J'ai dû faire face à un interrogatoire serré, mais j'ai résisté. Je leur ai demandé de ne rien changer à leurs habitudes et à leurs missions en cours. La nuit suivante, précisément, lors d'une patrouille, Hugues et Maurice ont repéré la CX de Bougin et une DS à l'immatriculation inconnue, dans le bourg de Geneslé. Ils ont anticipé et ma foi de belle façon. Ils ont appelé du renfort et envoyé Maxime et Alexis se poster devant le domicile de Bougin, au cas où il y aurait matière à les cueillir à l'arrivée. Bougin sortit de la maison précédant Lecœur. Ils avaient, à l'évidence, repris leur trafic. Les suspensions des véhicules parlaient. Les livraisons devaient déjà être effectuées. Hugues et Maurice les ont filés, roulant tous feux éteints sur les routes de campagne, derrière eux. Médavy, Almenêches, La Cochère, de toute évidence Bougin rentrait au bercail, suivi par Lecœur. Arrivés au Bourg Saint-Léonard, ils furent contrôlés. Rien dans la CX, même pas une imprégnation caractéristique. Dans la DS, des bidons vides et de forts relents d'alcool suffirent pour préciser le délit. Leurs protestations n'y changèrent rien, hommes et véhicules furent acheminés vers la gendarmerie d'Argentan. Lecœur reconnut finalement avoir transporté, en fraude, quatre cent quatre-vingt-dix litres d'eau-de-vie.

Quant à Bougin, il refusa d'admettre qu'il accompagnait son employé au cours de sa tournée. Il était blanc comme neige. Il refusa toute déclaration écrite et ne fut pas avare de représailles à notre endroit. Je le menaçai, à mon tour, de le faire incarcérer. Il rédigea alors, sans discuter, un chèque de cinquante mille francs, afin de préserver sa liberté. La suite ne tarda pas. Quelques jours plus tard, je fus convié à rencontrer mon supérieur hiérarchique. Il m'accueillit, très chaleureusement, trop peut-être pour ne pas renforcer ma méfiance.

<p style="text-align:center">~~~</p>

— Venez donc dîner avec Elie, un soir prochain. Je vais demander à mon épouse de lui téléphoner et qu'elles règlent d'un commun accord les questions d'intendance. Nous ne nous croisons qu'aux réunions de direction, cette instance trop formelle manque de convivialité et l'ordre du jour est si chargé qu'il ne permet guère de s'en écarter. Je voudrais vous dire, ceci me paraît essentiel, combien j'apprécie votre travail. Vous êtes un parfait collaborateur et les résultats que vous obtenez à la direction de la brigade sont satisfaisants, très satisfaisants... Je ne peux, hélas, en dire autant de toutes les directions qui sont placées sous mon autorité...

〜〜〜

Bref, vous imaginez la teneur des propos. J'attendais patiemment le « mais ». Il mit du temps à venir. J'eus droit « aux débordements » de mes collaborateurs, un style qui irritait quelques confrères très attachés au bon ordre, à la routine, à l'effacement. Auguste et Maurice les qualifiaient, sans s'en cacher, de « pisse-froid ». « Pas très élégant, convenez-en. Disons plutôt, des "pince-sans-rire ». Admettez que les vôtres sont un peu bruyants et expansifs. Je compte sur vous pour apaiser les esprits et que tout rentre dans l'ordre. Il y a sans doute une pointe de jalousie, vos résultats ne sont pas du goût de tout le monde. »

Voilà, je sentais que les récriminations allaient se préciser, tout le reste n'était qu'une mise en condition.

〜〜〜

– Pour certains vous faites trop de zèle. Depuis quelques jours, je reçois de nombreux appels téléphoniques. C'est fou ce que l'on aimerait vous voir exercer ailleurs. Bien entendu, je tiendrai bon. Il est hors de question que je cède aux injonctions. Vous avez mon soutien total.

〜〜

Cette phrase, ô combien cruelle, était destinée à masquer le désaveu à venir.

– Ce n'est du reste pas la première fois qu'on me téléphone. Jusqu'alors, je ne vous en avais pas informé. Personne n'a jamais infléchi ma position, n'est-ce pas ?

– Non mais, pour la première fois, vous me convoquez.

– Fabien, je ne vous ai pas convoqué, notre conversation est amicale. Vous connaissez le milieu dans lequel vous opérez. Il est sensible. Vos collègues des autres directions n'y échappent pas, non plus. Les Français sont coutumiers des interventions.

– Oui, mais là, il ne s'agit pas d'un modeste contrevenant qui sollicite votre indulgence. Soyons clairs, c'est Bougin qui fait donner ses troupes.

– Vous savez Bougin ou un autre quelle importance !

137

– Justement ce n'est pas pareil. Question de calibre et d'appuis politiques.

– Puisque je vous réaffirme que mon soutien est total. Je voulais simplement vous avertir. Restez dans la stricte légalité. Trop de gens n'attendent qu'un faux pas pour vous mettre en difficulté. Conformez-vous à la procédure, ne prenez pas d'initiative et vous demeurerez intouchable. Vous n'ignorez pas que dans certaines situations, je ne pourrai rien pour vous.

– La procédure, elle a bon dos. Nous la respectons, mais si nous voulons être efficaces, nous sommes obligés de… Tenez, très concrètement, ne serait-ce que pour effectuer un contrôle sur la voie publique, nous devons nous signaler en bonne et due forme, apposer des panneaux de signalisation, le résultat équivaut à nous faire annoncer par le garde champêtre !

– N'exagérons rien. Mettez la pédale douce. Attendez que l'orage passe. Mettez vos hommes au repos, vous-même, vous en avez besoin, voilà bientôt quatre ans que vous êtes sur la brèche.

– Ce n'est pas le moment, croyez-moi ! Qu'est-ce que vous êtes en train de me dire, d'oublier Bougin ?

– Pas du tout, mais il vous faut un dossier en béton, que vous n'avez sans doute pas. Il a de gros moyens de défense, des réseaux tout ce qu'il y a de plus officiel.

– Je ne l'ignore pas. C'est un homme de main, doublé d'un financier. Son implication avec Lecœur, lors de la livraison, c'est du pipi de chat. J'attends mieux du contrôle fiscal en cours. Ses propriétés, ses fermes, ce n'est pas avec son élevage de taurillons qu'il les a acquises. Il faudra bien qu'on mette en évidence le mécanisme qu'il emploie.

– Je veux être tenu au courant en permanence de l'avancement de l'enquête. Tenez-vous en aux faits établis, cela lui tiendra lieu d'avertissement. Personne ne songera à vous adresser le moindre reproche.

– J'ai ma conscience pour moi. Je ne fais que le métier pour lequel la société me paie. Il veut qu'on me mute ! Il veut qu'on me vire ! Et bien qu'on le fasse ! Ainsi les complicités n'en seront que plus claires.

– Fabien, vous prenez trop à cœur votre travail, on ne vous en demande pas tant.

⌇

Sur ces propos, je suis sorti. Cet entretien avait renforcé ma détermination. J'ai mis aussitôt mes hommes au parfum. Pas de bravade. Pas de sortie en solo. La solidarité du groupe était totale, franche, réelle. Aucun n'avait souhaité faire marche arrière, mettre la pédale douce. Tous planchaient sur la comptabilité de Bougin avec une assiduité exemplaire. Nous étions tous convaincus que le montage savant comportait une faille et que nous finirions par la trouver. Vingt et une heures venaient de sonner au carillon de Notre-Dame, et pourtant, pas un de nous ne songeait à rentrer chez lui. Ce fut le téléphone qui troubla notre travail studieux. C'était Elie, ma femme qui m'annonçait qu'elle venait de recevoir le coup de téléphone énigmatique que je lui avais annoncé sans pouvoir en prévoir l'échéance. Le message était le suivant : « C'est pour cette nuit, aux marais, entre Saint-Roch et Saint-Mars-d'Égrenne, près de la rivière. » Rien de plus.

Je pris la parole :

— Messieurs, chers collègues et amis, vous pouvez refermer vos dossiers et rentrer chez vous. Je fus immédiatement agressé par des « quoi, on abandonne, explique-toi », etc. Un peu de patience, que diable ! Le cas de Bougin attendra. Cette nuit, j'ai un autre programme plus urgent à mettre en route. J'en vois qui font la moue. Ils ont tort. Si tout se passe bien, les résultats vous feront oublier les désagréments d'une nuit à la belle étoile. Rentrez chez vous, enfilez des tenues tout-terrain, plus adaptées à ce qui nous attend. Écoutez bien ça, c'est du jamais entendu, peut-être l'affaire de toute votre carrière. Cette nuit, on bat la campagne pour une cave exceptionnelle. Un formidable jeu de piste nous attend et au bout peut-être… devinez quoi? Un alambic clandestin!

~~~

La salle du restaurant s'était vidée sans qu'on s'en rendît compte véritablement. Nous étions les derniers clients. Nous devinions l'impatience du personnel, debout, à l'écart, guettant nos faits et gestes. Je consultai ma montre. Effectivement, dans quelques heures il nous faudrait reprendre le travail. Je pressai alors Fabien de me faire une synthèse, afin d'atténuer ma frustration. Rien n'y fit. Il fut d'avis d'en rester là pour cette soirée.

~~~

— L'affaire mérite mieux, elle est trop savoureuse, trop pittoresque, pour la dévoiler en quelques phrases. Non, il vous faudra attendre notre prochaine rencontre, du reste, je vais convoquer les acteurs, pour donner un peu de piquant au récit. Vous ne perdrez pas au change. La scène n'en sera que plus vivante. L'attente fait partie de notre travail, la tension qui précède toute action aussi, il faut que vous les mesuriez également.

Hé oui, John, je mets en pratique les recommandations de Fabien. J'use du même procédé. Il va te falloir patienter encore, à ton tour, comme moi !

12

Le rendez-vous, avec les membres de la brigade, fut vite pris. Le récit me fut fait dans les locaux administratifs, devant une assemblée dissipée et jubilatoire. Les hommes appréciaient ce geste de Fabien. Encore une fois, il les associait, les rassemblait, pour partager ce moment de mémoire collective.

Je les observais, les uns sagement assis sur un siège, les autres les fesses posées sur le plateau des bureaux, les derniers debout, faisant cercle autour de moi. Je m'apprêtais à recueillir leurs témoignages. Ils en étaient très honorés. Pour une fois, quelqu'un marquait de l'intérêt pour leur travail. Les regards pétillaient, les mines étaient réjouies, le climat à la bonne humeur. L'instant était partagé, un bonheur collectif dans lequel chacun puisait sa part. Je sentais que, dès les premières phrases d'évocation, personne ne pourrait se défaire de sa part intime, de ses propres images enregistrées et qu'elles raviveraient en chacun une émotion.

Afin de ne perdre aucune bribe, craignant les interventions multiples qui nuiraient à la clarté du récit, j'enregistrai l'échange.

〜〜〜

Ce fut Fabien qui commença :

– J'ai alerté aussitôt la gendarmerie de Domfront et nous sommes tous partis pour cette destination afin de réfléchir, ensemble, à une stratégie. Il nous fallait d'abord préciser un périmètre d'intervention. « Aux marais », c'était une information à la fois précise et vague. L'image de la ferme des marais s'était imposée spontanément, mais à la réflexion, il nous parut que c'était sans doute dans un lieu moins exposé sur ce territoire. Les marais devaient désigner un lieu-dit plus qu'une zone strictement ciblée. Afin de n'hypothéquer aucune chance de réussite, en accord avec le commandant de gendarmerie, nous n'avons cependant pas exclu la possibilité d'une cachette dans l'enceinte des bâtiments agri-

144

coles. Nous avons envoyé une équipe réduite en reconnaissance, avant d'envisager un déploiement conséquent sur cette zone sensible. Il était environ zéro heure trente quand nous nous sommes retrouvés sur les rives de l'Egrenne. C'était une nuit où les vignerons affirment que Bacchus vidange ses barriques.

Sylvain préféra une autre métaphore :

— Le déluge reconstitué par Cécil B. de Mille.

〜〜

— Malgré les équipements, bottes, cirés, suroît, l'eau s'insinuait partout. La terre, saturée par tant d'abondance, refusait l'absorption de tout liquide supplémentaire. Les ruisseaux du bocage, plutôt sages, tressaillaient tels des torrents de montagne. Le moindre coup de vent libérait les feuillus des gouttelettes qui s'agrippaient aux nervures, dans un bruit de mitraille. Les fossés repus déversaient leur trop-plein. Rive droite et rive gauche n'avaient plus aucun sens. Les prés se métamorphosaient en étang. Mille objets, jetés au rebut, en profitaient pour prendre le large. Plutôt que d'être tous à patauger, nous sommes restés à l'abri, pendant que Maxime et Alexis, volontaires pour la mission, sont allés repérer les lieux. Le commandant de gendarmerie avait voulu leur adjoindre un gendarme et une radio. Ils avaient refusé l'offre.

Maxime se justifia :

– Un quart d'heure aurait suffi pour que la radio devienne une éponge et qui sait, notre objectif avait peut-être les moyens de nous capter. C'est le genre de boulot qu'il faut faire dans la plus grande discrétion, moins on est, plus c'est efficace.

Fabien reprit :

– J'ai laissé faire, ils ont tellement l'habitude de crapahuter ensemble que, même dans le noir le plus profond, ils se devinent. Ils sont comme des chiens, ils se sentent… À l'abri dans les voitures, dissimulées au creux d'un chemin borné par des haies abondantes et touffues qui montaient jusqu'à se rejoindre telles des voûtes, à plus de trois kilomètres à vol d'oiseau de la ferme, l'attente commença.

Alexis prit le relais :

– En fonction des éléments observés sur la carte, nous avons envisagé de remonter le long des berges de l'Egrenne sur un kilomètre environ, puis de prendre plein est à travers champs. Ainsi, nous devions déboucher derrière les bâtiments agricoles, à l'opposé de l'entrée principale de la ferme. Notre plan fut vite chamboulé. Impossible de marcher le long des berges, la rivière avait pris ses aises dans les herbages. Nos bottes étaient insuffisamment hautes pour affronter le flot. Il aurait au moins fallu que nous portions des cuissardes. Dans cette pénombre, comment ne pas confondre le lit principal et un simple épanchement. Il nous est vite apparu qu'il était inutile d'insister par cette voie. Le mieux était de gagner quelque hauteur, de se préserver des eaux. Nous nous sommes rabattus et lancés à l'assaut d'un taillis juché sur un monticule. Ce détour, plus au nord de notre objectif, nous éloignait quelque peu, mais nous n'avions pas d'autre choix. Ce chemin, tout compte fait, se révéla escarpé, broussailleux, ardu. Maxime et moi, je dois l'avouer, nous sommes retrouvés plus d'une fois sur notre séant…

Ce mot déclencha l'hilarité de quelques-uns. Sylvain intervint :

– D'habitude tu es plus direct dans ton expression, écoutez-le…

– C'est bien la peine que j'essaie d'avoir un langage châtié… bon, disons que nous nous sommes retrouvés sur le cul. La terre était ravinée par la pluie. Les semelles des bottes enduites de glaise glissaient comme des patins sur la glace. Les obstacles étaient multiples, mais l'enjeu valait tous les désagréments. Aux abords de la ferme, nous avons marqué une pause pour observer. Pas le moindre bruit, pas le moindre effluve, pas la moindre lueur, pas âme qui vive, rien qui puisse laisser deviner qu'une activité, autre que le sommeil, se déroula en ce lieu. Maxime voulait aller voir de plus près, pas question de passer à côté. Je cherchai à l'en dissuader. Avec ce vent tourbillonnant, les chiens vont te renifler tout de suite. Les animaux sont déjà tendus en raison de la tempête, le moindre signe anormal déclenchera aboiement et meuglement.

Maxime intervint :

– Justement, le fermier aurait mis ça sur le compte du vent. Je me suis approché prudemment. Les rafales me plaquaient au sol, j'avais du mal à me maintenir debout. La douche était drue. J'avais le visage brossé, lessivé, le nettoyage de peau était parfait. Je fis le tour des bâtiments sans rien remarquer d'anormal. Si un alambic était ici, il ne fonctionnait pas en ce moment. Seule une perquisition permettrait de le déceler. Il ne nous restait plus qu'à rentrer pour faire notre rapport. Ayant apprécié modérément les glissades et les chutes, je suggérai à Alexis d'emprunter une autre voie pour le retour.

Alexis reprit le récit :

– Entre l'Himalaya de glaise et la rivière impétueuse, je cherchais un chemin plus praticable. Notre marche était ponctuée par des bruits de ventouses. À chaque pas, il nous fallait arracher les semelles de nos bottes qui collaient au bourbier. Toute notre énergie, tous nos sens étaient mobilisés sur nos objectifs : nous maintenir en équilibre et garder notre cap. C'est à peine si nous avons réagi aux premiers courants d'air fugitifs qui parvinrent à nos narines. L'extrême volatilité des effluves faillit nous échapper à l'un comme à l'autre. Pourtant au bout d'un moment, sans nous concerter, nous nous étions arrêtés de progresser et nous étions le nez en l'air à humer en direction des quatre points cardinaux. Pas de doute, nous étions bien en train de renifler une odeur familière. L'exhalaison était subtile, infime, présente une fraction de seconde, avant de laisser place à une atmosphère, fortement imprégnée d'humidité. C'est alors que Maxime lâcha un retentissant « nom de Dieu ». Je pensais que, comme moi, il avait analysé l'air ambiant et en avait tiré la même conclusion. Je le réprimai non pour son blasphème auquel j'étais accoutumé, mais pour son manque de discrétion. « Chut, tais-toi tout le canton t'a entendu ! ». Au lieu de m'écouter, il persista et m'intima l'ordre de m'immobiliser. Je le questionnai : Qu'as-tu à la fin ? « Je suis pris dans le marais, je m'enfonce, je m'enfonce sans rien pouvoir faire. »

Qu'est-ce que tu racontes ? Tu t'es flanqué dans un bourbier plus meuble, voilà tout !

Loin de le rassurer mes propos ne semblaient pas correspondre à la situation qu'il vivait. Il réitéra ses mises en garde : « ne bouge pas, n'avance pas, j'y suis jusqu'aux genoux… ». Pas de panique, je suis sur du dur. Pour confirmer mes dires, j'ai frappé le sol du pied. Attrape ma main, cramponne-toi, je vais te tirer. Dans le noir, tel un sémaphore, j'ai brassé l'air de mes membres à la recherche du contact de la main de Maxime. Nous étions trop éloignés sans doute l'un de l'autre pour pouvoir nous agripper. J'ai cherché à progresser dans sa direction en me repérant à sa voix. J'ai éprouvé très vite de l'inquiétude, sans lui dire bien évidemment, car, fermement appuyé sur un pied, j'avais bien du mal à poser l'autre sur un terrain offrant une certaine stabilité. J'avais des allumettes dans ma poche, j'ai voulu les utiliser pour visualiser les lieux. À chaque grattage, la lueur m'aveuglait et ne me laissait pas le temps d'apprécier la situation. Mais Maxime m'encourageait car, lui, en repérant la flamme, évaluait la distance qui nous séparait.

〜〜〜

Maxime donna son point de vue :
– Il y avait bien deux bons mètres entre nous, rien d'insurmontable, mais en tendant nos bras l'un vers l'autre, à l'aveugle, nous ne pouvions y parvenir sans un objet, un outil intermédiaire. Je ne voulais pas lui montrer mon impatience, mais pendant ce temps le sol continuait à m'absorber.

〜〜〜

Alexis reprit :
– J'ai pris conscience qu'il nous fallait une branche, une planche, quelque chose, mais m'éloigner c'était pure folie, c'était prendre le risque de perdre Maxime et de ne plus le retrouver, de m'écarter de la terre ferme et de me faire engloutir à mon tour. Il ne me restait plus qu'à trouver une solution sur place. Je me suis accroupi et j'ai tenté d'explorer le sol de mes mains sans rien rencontrer d'utile. De la boue, rien que de la boue et quelques ronces. À plat ventre, sans

151

appui, je n'avais aucune chance d'extraire de la glaise Maxime et ses quatre-vingt-dix kilos. Il commençait à perdre son sang-froid.

Maxime :

— J'aurais voulu vous y voir, sa seule façon de me rassurer c'était : « je réfléchis à une solution » Je lui répondais que, bientôt, ce ne serait plus nécessaire. J'avais le sentiment qu'il ne prenait pas la mesure de l'urgence. Il badinait, prononçait des phrases du genre, « ça m'étonnerait que tu disparaisses aussi vite. La terre ne te digérera pas, elle ne t'engloutira pas, tu vas lui rester sur l'estomac, elle va te rejeter ». Je n'avais pas le cœur à rire. Surtout, quand comme seul résultat de sa réflexion, il proposa de m'abandonner pour aller chercher du secours.

Alexis :

— T'abandonner, il n'en a jamais été question ! Je t'aurais appelé et à la voix je t'aurais retrouvé.

— Et les occupants de la ferme, tu les avais oubliés, bonjour pour la discrétion.

– Vous voyez, il avait toujours la mission en
tête, c'est tout Maxime ça. Même immobilisé
à mi-cuisse, il n'y avait pas renoncé. Enfin, la
bonne idée a fini par venir. Je n'avais pas de
ceinture, lui si. J'ai craqué les dernières allumettes et il a repéré ma position. Il a balancé sa
ceinture dans ma direction. J'ai fourragé près
du point d'impact et j'ai fini par mettre la main
dessus. J'ai passé la boucle de métal autour de
mon poignet et j'ai lancé la ceinture sans répit
jusqu'à ce que Maxime finisse par la saisir. Je
vais tirer ai-je annoncé, si tu sens que ça bouge
colle-toi au sol, en tirant et en rampant on va
y arriver.

– C'était loin d'être gagné, je n'avais pas de
prise suffisante, je lâchais, mes doigts étaient
enduits de glaise.

– Ce que tu étais empoté.

– Figure-toi que je n'avais pas à ma disposition une serviette chaude. Mes vêtements ne
pouvaient me servir pour m'essuyer, ils étaient
maculés. J'ai fini par me gominer les cheveux,
une chance que tu n'aurais pas eue, ce n'est pas
avec ce qu'il te reste sur le crâne que tu aurais
pu te nettoyer les mains.

– Quand Monsieur fut prêt, j'ai bandé mes
muscles, je me suis accroupi, arc-bouté sur

les talons, utilisant tout mon corps comme un contrepoids.

Sylvain :

– Ton expérience de rugbyman t'a été utile !

Alexis :

– Oui, mais ça n'a pas suffi. Le bougre, il tenait bon. Il n'avait pas bougé d'un pouce. Il était sur le point de craquer. Jusqu'à cet instant, ni l'un ni l'autre, nous n'avions véritablement perçu que cela pouvait se terminer en tragédie. Ce n'était qu'un mauvais pas dont nous allions nous sortir. Je me suis mis en colère avant même que Maxime eut le temps d'exprimer le désespoir que je sentais poindre en lui.

– La ferme ! On recommence. Et dis-toi bien que même si je dois m'éventrer, me taillader la peau, me rompre le poignet, me déchirer les muscles, je vais t'arracher à cette gangue, tu entends ! À quoi ça sert l'amitié, si je ne suis pas capable de te sortir de là. On s'en sortira ensemble ou on crèvera ensemble, et crois-moi c'est pas pour cette nuit !

Maxime :

– La décence m'empêche de vous citer tous les jurons qu'il a débités alors. La pauvre sainte Thérèse n'en est pas encore remise.

Alexis :

– C'était pour la bonne cause, il y a longtemps qu'elle m'a pardonné. Mon corps n'était que souffrance. Mon poignet ligoté par la sangle de cuir, tel un garrot, n'était plus irrigué. Mes poumons étaient en feu. Je jetai mon corps en arrière, expulsai un jet puissant d'air de mes bronches, engageai toutes mes forces dans la bataille à plusieurs reprises. À un moment, j'ai senti une flèche me déchirer les reins. J'étais à terre, cul par-dessus tête, presque sans connaissance. Près de moi, le nez dans le bourbier, Maxime ne se résignait pas à lâcher la ceinture de peur de ne pas être complètement libéré de la glaise.

Maurice compléta :

– Moi j'étais à l'abri dans une estafette de la gendarmerie. J'ai vu deux silhouettes se rapprocher. J'ai ouvert la porte latérale et je les ai invités à monter. Venez ici on va se serrer un peu. Vous en avez mis du temps, qu'est-ce que vous fichiez ?

Alexis :

– Si tu insistes, nous montons. Mais observe-nous avant. Nous ne sommes pas particulièrement bien mis. Maxime surtout, il est carrément impudique. Il a trouvé le moyen d'abandonner en chemin bottes et pantalon.

Maurice :

– J'ai braqué une torche dans leur direction.

Maxime :

– Je m'attendais à une volée de sarcasmes, mais rien n'est venu, c'était sans doute pour plus tard.

Maurice :

– Je les ai conduits auprès de Fabien et du commandant de gendarmerie.

Alexis :

– Nous racontâmes notre aventure succinctement, l'urgence c'était l'alambic. Nous avions la certitude qu'il était dans le coin. Notre odorat ne pouvait nous tromper. Il restait à trouver l'endroit exact. Il faut y retourner en évitant le marécage. Le commandant, les yeux rivés sur la carte d'état-major, ne voyait nulle mention d'un marécage et confirmait qu'il n'en avait jamais entendu parler.

Maurice :

– C'est chose courante. Le nom du lieu atteste d'une situation ancienne. Sans doute le déluge présent avait-il ravivé une tendance naturelle qui ne s'était pas manifestée depuis plusieurs décennies.

Fabien :

– Le commandant et moi-même hésitions à
engager la vie des hommes dans le seul but de
mettre hors de produire un alambic. Ratisser
une région mal connue, mal déterminée, dans
la pénombre, en un temps bref, dans des condi-
tions météorologiques détestables, c'était prendre
un risque, qu'en notre âme et conscience, nous
jugions excessif. Bien entendu, vous les connaissez maintenant, ils n'étaient pas d'accord avec
nous et nous poussaient à poursuivre la recherche.
D'ailleurs, ils ne nous ont pas laissé le choix.
Tous autour de nous, y compris les gendarmes,
disaient, allez on y va ! D'accord mais où ? Il faudrait qu'on en sache un peu plus sur la toponymie
du terrain, pas un de nous n'est familier de ces
terres. La solution vint du gendarme Robert. Son
beau-père était originaire du coin. Il avait passé
son enfance à la Saucerre, à deux pas. Il pourrait
nous renseigner. Mais voilà, il était deux heures
du mat et le vieillard séjournait dans une maison
de retraite à Perrou. Robert était aussi acharné
que vous, c'est peu dire, il assurait que son beau-
père dormait très peu et qu'il serait heureux de
nous rendre service, qu'il ne lui donnerait pas
le véritable objet de ce dérangement en pleine
nuit. Le commandant était très réticent. Que

son beau-père dormît peu, certes, mais qu'en était-il des autres résidents et de l'encadrement ? Peu probable que le directeur appréciât d'être tiré de son sommeil.

Bref, le feu vert fut donné et Robert fit l'aller et retour en quarante-cinq minutes et rapporta des renseignements très utiles pour la suite. Une première ferme des marais avait été construite en contrebas. Elle avait brûlé en 1917. Le propriétaire l'avait faite reconstruire plus loin et plus haut, là où elle se trouvait à ce jour. Elle avait encore gardé le nom de l'ancienne ferme, dont il ne restait plus rien. L'humidité et le salpêtre avaient rongé les dernières pierres qui n'avaient pas été récupérées pour la reconstruction. Le vieillard ne voyait aucun lieu à proximité qui puisse servir d'abri, quand il s'était souvenu de l'existence d'une cavité. Une grotte naturelle qui avait été utilisée durant la guerre. Du matériel y avait été entreposé, des hommes s'y étaient cachés. Un lieu très discret, connu que de rares personnes. Pour lui c'était la seule cache plausible. De plus le site était naturellement protégé. Le marécage en interdisait l'accès par le sud, au nord un goulet étroit permettait de passer. L'entrée devait être masquée par une végétation dense qu'on laissait vraisemblablement croître.

Intéressant, ça réduisait terriblement la zone à explorer.

J'ai conclu l'exposé sur un mode interrogatif : est-ce qu'on tente le coup ?

La réponse ne se fit pas attendre. Elle fut positive et unanime. Quatre groupes furent constitués. À chacun une zone d'exploration fut attribuée. Aucun échange radio. Il fut convenu que seul un bref signal sonore officialiserait la découverte du lieu suspect par le groupe l'identifiant. Un bip pour le premier groupe, deux pour le second, trois, ainsi de suite. Les équipes réceptrices convergeraient alors vers la zone de reconnaissance affectée au groupe émetteur.

À peine une demi-heure après le déclenchement de l'opération, un bip unique fut émis sur les radios. L'escapade du premier groupe s'avérait fructueuse. Derrière un enchevêtrement de lianes, où se mêlaient lierre, chèvrefeuille et ronce, agrippées à la paroi rocheuse, quelques fumerolles en suspension dans l'air attirèrent l'attention des explorateurs. Le phénomène se reproduisait avec une régularité qui intrigua. C'était comme si la roche avait contenu en son sein un brumisateur qui évacuait vers l'extérieur un voile de gouttelettes agrégées, le temps d'une pression, avant de se dissoudre dans l'atmosphère.

Un phénomène de condensation qui intrigua les observateurs zélés.

Après être demeurés immobiles à visualiser l'effet, les hommes s'approchèrent au plus près, avec d'infinies précautions, en évitant que quiconque puisse détecter leur présence. Peu à peu, les trois autres groupes les rejoignirent. Aucun mouvement, aucun bruit, rien que cette éruption gazeuse comme signe d'une anomalie dans l'ordre naturel habituellement constaté.

Les hommes se déployèrent à une dizaine de mètres de la paroi sur toute la longueur du contrefort rocheux. Il fallait contrôler toute la zone géographique et éviter toute échappatoire. Les armes furent sorties des étuis. Dans une main le pistolet, dans l'autre la torche, le corps à l'affût de la moindre silhouette en mouvement. Je crois pouvoir dire ce que chacun d'entre nous ressentait. Nous n'avions aucune certitude d'être au bon endroit, juste une présomption. Qu'allait-il se passer ? Qui allions-nous trouver ? Quelle serait la réaction des contrevenants s'il s'avérait qu'il y en avait ? Y'a pas mort d'homme, mais pourrait y'en avoir. Qui étaient-ils ? Des truands expérimentés qui n'hésiteraient pas à faire usage d'armes pour se défendre ? Des amateurs qui perdraient leur sang-froid et risqueraient de déclencher une fusillade inutile ? Assisterait-on à une débandade générale, à un sauve-qui-peut, ou bien à un repli allant jusqu'à l'enfermement sur des positions intenables ? Tout était du domaine du possible, le pire, l'erreur d'interprétation d'un geste, comme la réussite, conduisant à des interpellations pacifiques. Nous étions silencieux, mais tous tendus. Nous étions concentrés. Chacun pensait à se maîtriser, à n'avoir aucun geste irréfléchi. À cet instant chacun avait effacé de sa mémoire l'excitation procurée par la perspective d'une prise exceptionnelle. Nous n'en étions pas encore à ce stade. C'était l'heure de vérité. Nous étions confrontés à la réalité, pas dans le rêve, pas dans le virtuel. Le commandant de gendarmerie se saisit de son porte-voix et donna le signal de l'intervention par sa prise de parole.

— C'est la gendarmerie. Nous savons que vous êtes ici, vous êtes cernés, sortez les bras en l'air !

⁓⁓⁓

La sonorisation brutale de ce lieu, à l'écart de tout, plongé dans une lumière noire contrariée par des effets de lune, donnait à cette scène une dimension surréaliste. Ce premier appel, dont l'écho fut porté par les ondes, ne donna rien. Le silence retomba sur la campagne. Une pluie fine et drue avait remplacé les précipitations diluviennes des dernières heures. Il n'y avait même plus le choc des gouttes d'eau sur les feuilles ou sur les suroîts pour troubler la quiétude du lieu. Le commandant réitéra son message avec la même conviction dans la voix.

– Vous êtes cernés par les forces de gendarmerie. Le mieux est de vous rendre, de sortir calmement, en mettant les mains sur la tête. Il ne vous sera fait aucun mal.

〜

Le silence, rien que le silence… Nous étions-nous laissés abuser par quelque phénomène naturel. Si près du but, nous allions passer à côté. Nous allions faire chou blanc. Le commandant allait-il renouveler une troisième fois son message ? Alors que le doute s'installait, nous eûmes l'impression que les lianes avaient oscillé comme sous l'effet d'un courant d'air. Il s'était passé quelque chose. Tous les regards scrutaient le même horizon. Une torche, puis deux, puis trois s'allumèrent. Tout le rideau végétal se trouva sous les feux. Chacun devait se dire, je n'ai pas rêvé, il s'est bien passé un fait. C'est alors qu'apparut un petit homme, vêtu d'un bleu de chauffe, coiffé d'une casquette renvoyée sur le haut du crâne.

Ses mains n'étaient pas sagement posées sur la tête, comme le commandant l'avait recommandé, mais il les tenait enfoncées dans ses poches. Pour ce qu'on put discerner sur son visage, il avait plutôt l'air ébahi.

Le commandant ordonna sur un ton ferme :

– Levez les bras en l'air, doucement, pas de gestes brusques, et dites aux autres de sortir.

L'homme leva un bras replié devant son visage pour protéger ses yeux et sans doute essayer de voir son interlocuteur.

– Ne bougez pas… appelez vos complices, qu'ils sortent et ne tentent rien.

– Quels autres ? Je suis seul.

Les gendarmes s'approchèrent de lui. Comme il voulut porter sa main enfouie dans sa poche vers sa poche poitrine, le gendarme Robert, d'un bond, fut sur lui, le mit en joue et lui intima l'ordre de ne plus faire un geste. Le flingue sous le nez, l'homme fut pétrifié. Le gendarme Robert le palpa, vérifia ses poches et ne trouva qu'un paquet de gitanes maïs et un briquet tempête.

– Hé, vous n'allez pas saisir mes clopes, pas avant que j'en grille une au moins !

Les douze gendarmes et les sept membres de la brigade sortis des fourrés faisaient cercle autour de lui.

– La République a des moyens, crénom de nom. Tout ce monde pour un si petit bonhomme, entrez donc vous mettre à l'abri.

⁓

Les rôles se trouvaient inversés. À sa suite, nous entrâmes tous dans son repaire. Bien protégé, dans une cavité, derrière une végétation généreuse, l'alambic, par la porte du foyer disjointe, diffusait une lueur qui portait démesurément les ombres sur la roche. Il fallait quelques minutes aux yeux pour s'accoutumer à la lumière ambiante pour distinguer, à côté de la bouillotte, un empilement de bidons de lait. L'homme ouvrit toute grande la porte du foyer, y jeta quelques morceaux de bois pour raviver la flambée proche de l'extinction.

– Approchez-vous pour vous sécher.

L'affaire prenait un tour bon enfant. La crainte de se trouver face à quelques truands prêts à en découdre avec les forces de l'ordre était dissipée.

– Vous êtes bien installé ici, dis-je, c'est tranquille, comme si j'étais en visite.

– Pas tant que ça, me répliqua-t-il, puisque vous êtes ici.

164

– C'est juste, vous savez qui nous sommes.

– Pardi !

Son visage disait quelque chose à Maurice. Il le questionna.

– Vous n'étiez pas alambinier, il y a quelques années ?

– Oui, j'ai arrêté en… soixante, par là…

– Si on peut dire… Il n'est pas déclaré cet alambic.

～

Pendant que nous entamions la conversation, Sylvain et Hugues avaient commencé l'examen du matériel sous tous les angles, à la recherche d'un poinçon. Il nous fit gagner du temps.

– Cherchez pas.

– Qu'y a-t-il dans ces bidons de lait ? De l'alcool, j'imagine ? Combien ?

– Dans les six cents litres…

– Ah tout de même, la production de cette nuit. De quoi améliorer votre retraite de façon substantielle non ?

– C'est pas avec ce que je touche que je peux vivre, dame, ça aide !

– Bon, venez avec nous, nous allons regagner l'estafette et discuter un peu pendant qu'ils vont faire l'inventaire.

– On est bien là, au chaud, y'a même à boire si vous voulez.

– Il va falloir qu'on cause. D'où il sort cet alambic ? Pour qui travaillez-vous ? Elle part où cette goutte ?

– Oh là là, vous êtes bien curieux !

– Ce n'est qu'un début, j'ai mille questions à vous poser, il va falloir parler.

– Ça, c'est une autre paire de manches ! Vous fatiguez pas, celui qui y arrivera il n'est pas né. Les Allemands ont essayé, ils n'y sont pas parvenus, alors vous voyez ! Pourtant, ils avaient du savoir-faire. Vous n'allez quand même pas employer les mêmes moyens, hein ! Je prends tout sur moi. L'alcool est à moi. Consommation personnelle. Que voulez-vous, j'ai une grande famille. L'alambic est à moi, fabrication artisanale, matériel de récupération, voyez vous-même, la bouillotte a fait son temps. J'adore bricoler, faut que je m'occupe ! Faites vos comptes et discutons.

– Vous croyez que ça va se passer comme ça, à la bonne franquette, sur le coin d'une table de bistrot. Avez-vous conscience que vous risquez de finir en prison ?

– Allons, faut être humain, vous n'allez pas mettre un vieil homme, qui a trimé toute sa vie, en prison rien que parce qu'il fait un peu de goutte… Vous seriez la fable du public! Vous voyez, j'ai des restes de l'école.

— Vous n'allez pas nous attendrir. Ne comptez pas là-dessus. Vous allez devoir acquitter une amende record. J'espère que vous avez de quoi de côté.

— On s'arrangera… J'hypothéquerai ma maison, et y'a le Crédit Agricole, pas vrai! Ils me feront un prêt. Y'a pas mort d'homme, mais pourrait y avoir, moi c'est une chose que j'aimerais bien savoir. C'est qui le salopard qui m'a donné? Comment qui s'appelle? Cclui-là son compte est bon… Faites-moi confiance.

— Des menaces maintenant… Vous aggravez votre cas.

— Question de temps, mais je le saurai… Y'a pas grand monde à connaître cette grotte. L'enquête va être vite menée.

— En attendant, venez avec nous, on saisit l'alambic et on l'emmène.

〜〜〜

Dans les faits, ce n'était pas si simple. Pas de chemin carrossable à proximité immédiate, et en plus, il était encore en chauffe. Il fallait attendre qu'il refroidisse, trouver un moyen de le sortir de là et de le rapatrier dans la ville préfecture.

167

Les gendarmes insistèrent pour qu'il fasse un passage par Domfront avant de rejoindre Alençon, rien que le temps de faire quelques photos. Après tout, la gendarmerie avait joué son rôle dans cette prise, elle avait droit d'en tirer quelque fierté. Aucun désaccord entre nous, les séances photos, in situ, avaient déjà débuté.

L'alambinier n'était nullement affecté par la fin tragique de son entreprise. Il proposa de poser avec nous.

– Ça fera plus véridique. Dommage que vous n'ayez pas fait des photos de mon arrestation. Toute cette troupe, toutes ces armes pour m'arrêter, feriez rire dans les foyers… Vous ne vous en vanterez pas, hein !

〜〜〜

Maurice ajouta son grain de sel :
– Il était temps que ça arrive. La prise de cet alambic marquera la fin de ma carrière. Pas mal pour finir. Il y a une justice… Je ne me serai pas gelé les fesses autant de nuits sans avoir une petite satisfaction.

〜〜〜

L'homme au bleu de chauffe fit sa sortie entre deux gendarmes, non sans déclarer à notre intention :

– Pas de chance que ça tombe sur moi… mais avec ou sans mon alambic, ne vous réjouissez pas trop, on continuera à faire de la goutte, à votre nez et à votre barbe !

13

Après cette saisie véritablement exceptionnelle, j'avais hâte de savoir si la brigade et la gendarmerie avaient pu démanteler la filière. Je sentis de la déception dans la voix de Fabien.

– Nous avons eu la satisfaction de saisir l'alambic, de stopper sa production, mais remonter la filière, en aval et en amont, c'était une autre histoire. Le petit bonhomme au bleu de chauffe tenait bon. Il protégeait les commanditaires. Nous avons buté, faute de moyens d'investigations, faute de temps, faute de personnel, faute de volonté, pas de notre fait bien entendu, mais… comment dire… La direction trouva notre prise amplement suffisante. Maurice partit en retraite et ne fut pas remplacé…

– Pourtant vos résultats faisaient entrer des sous dans les caisses de l'État ?

– La culture du résultat, dont on nous rebat les oreilles aujourd'hui, elle dérangeait en fait… Rappelez-vous l'affaire Bougin. Je fus convoqué un bon nombre de fois. Je ne voulais pas entendre les recommandations, d'abord exprimées à demi-mot, puis formulées de manière plus explicite. Levez le pied, absence d'éléments permettant de déclencher une action juridique certaine, affaire sensible, j'ai eu droit à tout. Alexis pensait le tenir au sujet de l'achat d'un appartement qu'il avait réglé cash. Nous lui avons demandé de justifier la provenance des fonds.

– Et alors ?

– Il l'a fait, devinez sa réponse.

– Sûrement pertinente.

– Gains aux courses. Nous ne l'avons pas lâché. Quelles courses ? Où ? Quand ? Quel prix ? Nom des chevaux gagnants ? Rapports ? Justificatifs ? Tenez-vous bien, il a aligné les tickets.

– Bel animal. Vous subodoriez qu'il n'avait pas joué.

– C'était le plus probable et ce fut démontré plus tard. Mais comment détecter l'embrouille ? Nous avons alerté la brigade des jeux, mais l'enquête risquait d'être longue. Mon patron s'impatientait, les pressions étaient fortes. Il y avait très peu de chance que nous obtenions des éléments pouvant étayer un dossier juridique. Maurice s'offrit pour enquêter, sur les champs de courses, en profitant de son temps libre et en toute discrétion. À force de ténacité, il a réussi à démonter le mécanisme employé par Bougin. Demandez-lui de vous raconter son enquête, ce sera un récit plus imagé que le rapport que je pourrais vous faire. Tout le mérite lui revient.

~~~

J'appelai Maurice sans plus attendre. Il ne se fit pas prier.

~~~

– Quand j'annonçai à mon épouse, Angèle, que nous n'irions pas déjeuner, le jour du 15 août chez sa sœur Annie, elle en fut très surprise. Trente-huit ans que nous respections la tradition. Justement, il est grand temps d'y mettre fin ! Je n'étais pas décidé à expliquer mes raisons et à affronter les deux femelles. J'ai immédiatement empoigné le téléphone et réservé une table pour trois personnes « Aux Vapeurs » à Trouville. J'ai précisé que nous y serions dès l'ouverture du service. C'était pas gagné, elle insistait pour comprendre cette rupture avec nos habitudes. Elle est finaude, elle sentait le traquenard. J'ai bien avancé que faire la cuisine le jour du 15 août, ce n'était pas une fête pour la cuisinière, et qu'il valait mieux faire une escapade sur la côte normande, que l'air marin serait du plus bel effet sur nos organismes, bref tout un tintouin. Elle ne lâcha pas le morceau pour autant.

— C'est le jour le plus peuplé en bord de mer, tu as horreur de la foule, tu ne veux même pas m'accompagner dans une galerie commerciale pour faire les courses. Es-tu bien ?

— J'ai mis fin à la discussion, je sentais que je n'allais pas tarder à manquer d'arguments. J'ai dit, informe Annie d'être ponctuelle, je n'attendrai pas, départ sur le neuvième coup de Notre-Dame. Le jour J, ça n'a pas traîné, à peine quelques pas sur la plage, une flânerie esquissée sur le port et je les amène à la terrasse. Elles n'étaient pas dupes. Elles attendaient sagement que je me dévoile, elles se contentaient pour l'heure de remarques perfides, du genre :

— As-tu faim Annie, jamais nous n'aurons déjeuné aussi tôt.

Et l'autre de répondre :

— Il craint pour sa bourse, à cette heure nous n'avons pas encore d'appétit, son invitation ne lui coûtera rien.

– Tout aussi sournois, j'expliquais qu'en déjeunant avant l'arrivée de la cohorte des Parisiens nous serions mieux servis, qu'il ne fallait pas voir malice là où il n'y avait que sage précaution. Pendant que nous déjeunions, j'avais un œil sur l'heure. À treize heures quinze, j'étais pressé de partir, je dus révéler une partie de mon plan et annonçai : je vous emmène aux courses. Loin de les enthousiasmer, elles firent la moue, proposèrent de profiter d'un moment de farniente au soleil. Cela n'entrait pas dans mon plan. Angèle me rappela que je l'avais déjà emmenée une fois, à l'hippodrome d'Argentan, et que cette expérience lui suffisait amplement. Rien à voir lui rétorquai-je. C'est comme si tu comparais Notre-Dame de Lorette avec Notre-Dame de Paris. Un quinze août, à Deauville, il n'y a pas que les courses elles-mêmes, il y a tout l'environnement. Vous allez aimer, vous n'allez plus savoir où donner de la tête. Angèle n'était pas dupe.

– Mon bonhomme, nous ne sommes pas nées de la dernière pluie. On va finir par savoir ce que tu as dans la tête. Va pour les courses, mais nous ne sommes pas obligés d'y courir et de faire l'ouverture.

– Justement si.

– Nous y voilà. L'heure de vérité approche.

– J'ai pensé que vous pourriez me rendre un service… Cela peut vous amuser du reste.

– Ton invitation n'était pas désintéressée.

– Si, si… mais puisque nous sommes là, sans but précis…

– Ta sincérité est émouvante. Tu indiques sans but précis, tu t'avances, nous avions des projets, des envies… Faire les boutiques de Deauville par exemple.

– Après, après, les Parisiens, ça n'a pas d'heure… c'est ouvert après dix-neuf heures, c'est pas la rue aux Sieurs à Alençon, ici.

– Tu feras bien de t'arrêter à Lisieux au retour, pour te faire pardonner, mécréant.

– Tu ferais mieux d'avouer tes manigances, Machiavel !

– J'ai sorti deux photos de Bougin de mon portefeuille et je leur ai distribué et j'ai expliqué. Voilà, nous allons nous poster, dans l'enceinte, aux entrées de l'hippodrome. Le jeu est simple. Il faut repérer cet homme. Il ne rate aucune rencontre ici. Forcément, un quinze août, il sera là.

– Oui, mais il ne sera pas seul. Tu dis toi-même que les courses de Deauville attirent un monde fou, comment veux-tu qu'on le remarque.

– Je sais bien que ce ne sera pas facile, mais essayons. Il passera là tout l'après-midi, c'est un assidu. C'est pour cette raison qu'il faut qu'on soit en place dès l'ouverture. Il doit arriver de bonne heure, avant la meute…

– Bon, admettons qu'on l'identifie, qu'est-ce qu'on fait ?

– Rien, vous l'observez attentivement et enregistrez ses faits et gestes.

– D'abord, qu'est-ce que tu lui veux à cet homme ?

– Moi rien, mais les copains de la brigade ne seraient pas mécontents de savoir comment il s'y prend pour traficoter. Alors mes bonnes femmes, je peux compter sur vous, on suit Maigret ?

– Quel est le montant de la prime ?

– Ce que vous voulez, je ne peux pas mieux dire, fixez vous-mêmes.

– Bon alors, puisque nous avons dû expédier le déjeuner, peut-être nous permettras-tu de dîner, calmement, sur les planches.

– Je ne pouvais pas me permettre de pinailler. Les planches, ce n'est pas donné ! J'ai répondu, marché conclu, topez là, mais faut du résultat !

~~~

– Vous l'avez repéré alors ?

– Ce ne fut pas si facile. J'ai arpenté les champs de courses pendant deux ans, sans me décou-
~~~

rager. Les femmes y ont pris goût, elles ne me lâchaient plus. Les copains n'auraient pas pu faire ce que j'ai fait. J'ai exploré tous les domaines, jockeys, entraîneurs, écuries, chevaux, enjeux… Je n'ai rien détecté de suspect du côté de l'organisation et du déroulement des courses. J'ai vite compris que Bougin n'était pas un passionné de courses, il n'était pas animé par le désir ou le démon du jeu. Il arpentait les hippodromes, identifiait les habitués, nouait des relations faciles, faisait semblant auprès d'un public choisi de s'y connaître, d'avoir des relations dans le milieu professionnel des courses, distillait des informations, éblouissait par sa faconde les gogos qui hantaient les lieux avec le secret espoir de gains faciles et mirobolants.

– Mais alors d'où venaient les tickets gagnants qu'il a exhibés sous les yeux des inspecteurs ?

– Après une enquête minutieuse, après des heures d'observations discrètes et attentives, j'ai compris son manège. J'ai filé raconter tout ça aux copains. En fait, il surveillait les guichets d'enregistrements des paris. Il repérait les gros parieurs et les sélectionnait. Il ne retenait que ceux qui ne lui paraissaient pas trop finauds. Dès l'annonce des résultats, pour peu que le cheval gagnant ait une grosse cote, il se rendait aux paiements, abordait l'heureux gagnant qui entrait dans sa sélection et lui proposait à peu près ceci : vos tickets vont vous rapporter X francs, donnez-les moi, je vous les rachète et je vous donne en plus un bonus. Ainsi c'est lui qui touchait et il faisait établir un justificatif à son nom. C'est comme ça qu'il blanchissait une partie de son argent.

<div style="text-align:center">~~~</div>

Maurice éprouvait toujours un grand plaisir à évoquer ses souvenirs. J'en profitai allègrement et l'invitai à se livrer sans détour.

– Vous savez, on a souvent parlé des grandes affaires, c'est normal. Elles ont été spectaculaires. Mais notre quotidien était plus calme. Peut-être plus jouissif aussi ! On a vraiment joué au gendarme et au voleur. Chaque camp s'observait, s'épiait. Nous, nous attendions le bon moment pour leur tomber dessus. Eux, ils nous filaient sous le nez sans que nous nous en rendions compte. C'était notre quotidien. Il faut que vous perceviez ça. Cette activité est permanente. Une livraison peut être différée d'une journée, à la rigueur de deux ou trois quand la pression est forte, mais elle ne souffre pas d'interruption prolongée. C'est un moteur économique puissant. Il faut que vous interrogiez Louis Giroud. À vous, il fera des confidences. Vous avez encore des éléments à découvrir.

– Je n'y manquerai pas, vous pouvez en être certain.

– Moi, j'ai passé des nuits et des nuits en planque. Certains soirs nous avions la partie en mains, nous avions l'œil sur un trafic en cours, un chargement, une livraison… D'autres nuits, ils se montraient plus malins que nous. Ils nous laissaient poireauter, nous usaient et décidaient de l'heure, du lieu, des modalités sans nous mettre la puce à l'oreille. L'habitude est la pire des situations. Il faut sans cesse s'accommoder, s'adapter, anticiper. Combien de fois les avons-nous croisés alors qu'ils étaient sur le chemin du retour. Nous, nous rentrions d'une veille inconfortable, dans le vent, la pluie, le froid, sans avoir vu passer le moindre véhicule sur une crête ou sur une voie communale, et eux se signalaient à nous, par un appel de phares, quand ils étaient certains de leurs faits. « Salut, Messieurs, c'est fini pour moi, vous pouvez rentrer les gars, aujourd'hui c'est pas vu pas pris ! » Certains n'étaient pas dépourvus d'humour. J'ai passé, sans aucun doute, plus d'heures dans le cimetière de Sept-Forges et ses environs que dans mon bureau. J'ai tellement eu l'habitude des nuits blanches, qu'aujourd'hui je n'arrive plus à dormir plus d'un couple d'heures d'affilée. J'ai fait marcher Hugues. Un jour, je lui ai confié que j'aimerais être enterré dans ce cimetière s'il devait m'arriver quelque chose et lui ai demandé de faire part à mon épouse de ma dernière volonté.

– Quelle drôle d'idée !

– C'est mon côté provoc… J'imaginais la tête de ma femme. Après tout, j'y serais en bonne compagnie. Autour de moi rien que des gars avec qui j'ai passé une grande partie de ma vie. Il y a des voisinages plus gênants.

– Les nuits étaient longues ?

– Pas tant que ça. J'ai beaucoup rêvé, développé mon imaginaire. Paradoxalement, je trouve que la nuit, la vie est plus dense. Ces maisons, ces hameaux, ces prairies, que nous observions, elles paraissaient sans vie, entre parenthèses, et pourtant… Nous étions bien placés pour savoir qu'à l'abri des regards, il se passe bien des choses. Il suffit de regarder, d'écouter, de humer… La nuit distille mille parfums imperceptibles le jour, émet mille bruits, gémit, frémit, soupire, atténue… Ici, une lampe s'allume sur les pleurs d'un enfant et provoque aboiement et meuglement. Là, un volet profite d'un courant d'air pour se rabattre contre le mur. Plus haut, une girouette figée pour l'éternité essaie de se libérer de son entrave et de prendre le vent. Là-bas, un filet d'eau se faufile entre la pierraille d'un chemin. Dans sa progression, il collecte, se charge de gouttelettes de rosée, ambitionne de devenir un ru, un ruisseau, un fleuve... Une bête assoupie dans un herbage s'effraie des frôlements familiers des feuilles d'un saule pleureur qui balaient sa robe. Une poulinière met bas. Un chat et une chatte s'accouplent dans un concert de ronronnements. L'aiguille d'un clocher profite du couvert de la nuit pour se hausser et s'essayer à réaliser un vieux rêve : transpercer les nuages et jeter un coup d'œil vers l'au-delà. Dans une niche de pierre, un angelot en if quitte la pose, baille, et fait craquer ses nœuds. Un gros matou, félin sauvage, engage un combat avec son rival. Les cris aigus témoignent de la rudesse des coups. Dans un fournil, la boulange met en chauffe son four. Un médecin apaise une fièvre. Au fond d'un lit, un amant enserre dans ses bras un corps chaud et doux. Un S.D.F. songe à un oreiller de sable sous un palmier. Dans un cloître, des carmélites louent Dieu. Et dans un cimetière, deux fonctionnaires baillent et rêvassent à des jours meilleurs.

– Ouf! Quel inventaire! Quel vertigo!

– Vous voyez, pas le temps de s'ennuyer, même en pleine campagne. J'aime la nuit et ses mystères.

– Vous êtes un poète Maurice, quelle imagination!

– Enfant, j'ambitionnais de pouvoir détourner les fleuves, de faire nager les oiseaux, de changer l'ordre des choses. La vie s'est chargée de me ramener à la réalité, mais… on en garde toujours quelque chose. « On se défait d'une névrose, on ne se guérit pas de soi. Usés, effacés, humiliés, rencognés, passés sous silence, tous les traits de l'enfant sont restés chez le quinquagénaire. La plupart du temps, ils s'aplatissent dans l'ombre. Ils guettent, au premier instant d'inattention, ils relèvent la tête et pénètrent dans le plein jour sous un déguisement… » Ce n'est pas de moi.

– De qui alors?

– De Sartre.

– Vous êtes un lecteur de Sartre?

– Ça m'est arrivé… il y a longtemps.

– Que faisiez-vous avant d'entrer à la brigade?

– Le bac en poche, pas le choix, je suis entré dans l'administration avant de rejoindre un service mieux adapté à mes aptitudes, la brigade. Famille modeste, nécessité de travailler, mes parents m'ont poussé à entrer dans la fonction publique. Ils avaient tant galéré, pour eux c'était la plus belle des promotions sociales. Voilà.

– Vous avez des regrets ?

– Non. On est embarqué, on suit la route. La routine, j'aurais pas pu supporter, mais avec Fabien, les copains, l'ambiance a toujours été sympa, un groupe, un vrai groupe. Fabien n'a jamais été un chef méprisant, distant, poltron. Chacun a eu sa place, son estime. De ce point de vue, ma vie professionnelle fut agréable.

– J'ai épluché la presse. J'ai lu quelques comptes rendus des assemblées des bouilleurs de cru. Ils n'ont pas été tendres avec les services fiscaux. À Avranches, par exemple, ils ont défilé, ils étaient un millier… Les oreilles ont dû vous siffler. Le président a fait monter à la tribune des bouilleurs qui ont témoigné, je cite : « Ils fouillent même les chambres à coucher… » Le président a réaffirmé que le syndicat a pour vocation de venir en aide aux victimes. Vous entendez « victimes » pas contrevenants. Il a dit qu'il demanderait aux préfets d'intervenir pour que cessent les perquisitions intempestives effectuées sans le moindre ménagement, notamment auprès de certains vieillards, veuves, malades, et même, dans le foyer d'une veuve dont le fils est tombé en Algérie… Évidemment, a-t-il conclu, tous ces cas ont suscité une vive émotion dans la région. Les exploitants agricoles ne sont nullement des trafiquants, mais de bons citoyens.

– L'amalgame ! Procédé habituel ! Les exploitants agricoles dont il parle, je vais vous indiquer comment certains procèdent, et par prudence je dis certains, mais à la vérité c'est une pratique assez généralisée. La plupart du temps, ils louent une bouillotte à une entreprise, ici celle de Richard est très connue.

– Une bouillotte ?

– Un alambic, on dit aussi une bouillotte, c'est kif-kif. Richard vous la livre dans la cour de la ferme pour une journée, une semaine, plus parfois. Ici, tous les herbages sont plantés de pommiers et de poiriers. Le fermier a un permis de distiller une certaine quantité, en vertu de droits anciens. Le permis précise le lieu, le jour, l'heure et la quantité. Inutile de vous dire que les gars pris la main dans le sac sont légions ; hectos dépassés, dissimulés, horaires avancés, prolongés, bref une pratique courante. Le fermier est aussi un électeur et selon les circonstances, cela prime sur l'application de la loi.

– Justement, à la tribune, selon la photo que j'ai sous les yeux, il y avait du beau monde.

– Qui déjà ? J'ai oublié.

– Tout le gratin, j'imagine… La Manche, la Sarthe, la Mayenne étaient très bien représentées selon les commentaires du journaliste, moins l'Orne semble-t-il. Députés, sénateurs… Le président en personne…

– Lequel ?

– Celui de la Manche, des conseillers généraux, des maires et même d'anciens ministres. Le président fut beaucoup applaudi, le discours du représentant des bouilleurs fut plus qu'aimable à son endroit. Je cite : « Le président, l'un des hommes qui incarnent nos espérances et auquel nous devons les seuls succès parlementaires obtenus depuis quelques années. »

– Démagogie !

– Ce n'est pas fini. Le reste est d'une meilleure veine, écoutez : « Pommiers de Normandie, mirabelles et cerises d'Alsace et de Lorraine, vous êtes nos symboles que nous verrons refleurir dans la liberté… L'étendard des bouilleurs de cru est levé ! Ses trois couleurs sont celles de la République ! »

– Vous n'auriez pas dû ressortir les archives, c'est dur à entendre, ça fait mal !

– Ils ont voté des motions, d'abord de félicitations aux parlementaires qui ont été fidèles à la parole donnée : combattre avec courage et efficacité pour la cause des récoltants. Puis, ils ont dénoncé le plan qualifié de dictatorial de suppression des bouilleurs dont l'exécution se poursuit implacablement. Ils ont réclamé l'abrogation totale de toute législation anti-bouilleur, le rétablissement de la franchise traditionnelle pour tous les récoltants, sans distinction d'âge, de profession, la légalisation de la distillerie à domicile, la libre disposition des alambics et la fin de toute brimade. Vous avez été habillé pour l'hiver !

— Qu'ils se défendent, je peux le comprendre, mais que des parlementaires les suivent, c'est anormal. Ils votent la loi qui doit s'appliquer sans distinction, uniformément sur tout le territoire. Le code des impôts interdit la distillation à domicile et bien ici, sur cinq départements français : Sarthe, Manche, Calvados, Mayenne et Orne, on la tolère. Elle est belle la République !

— Citoyen Maurice, rangez votre étendard dans votre poche. Nous reprendrons notre conversation un autre jour. Je ne suis pas disponible ce soir. La Révolution attendra. Je vais suivre vos conseils et retourner voir Louis, dès que possible.

14

J'avais encore beaucoup à apprendre sur Louis Giroud et sur son épouse. Je ne pouvais aborder les questions aussi directement avec eux. Je décidai de m'en ouvrir à Fabien, avant un nouveau rendez-vous avec Louis.

— Est-ce que vous savez comment ils se sont rencontrés ? Vous la connaissiez bien ?

— Il m'est arrivé d'enfiler mes bottes et d'arpenter leurs herbages. Je m'y sentais mieux que dans l'atmosphère feutrée d'un appartement. S'il n'avait tenu qu'à moi, j'aurais habité la campagne, mais mon épouse y était opposée. J'ai emmené plus d'une fois ma fille avec moi. Elle suivait Émile, le vacher, s'amusait à la vue des poulains, tandis que je conversais avec Linette, à distance.

— Ils n'ont pas eu d'enfant ?

– Non, elle s'en est ouverte un jour. Voici ce qu'elle m'a raconté : « Louis a eu beau dire que c'est sans importance, au fond de lui-même il en a souffert, et il me l'a reproché. » J'ai demandé, est-ce vous qui ne pouviez pas ? « La vérité c'est qu'il n'a jamais voulu que nous fassions des examens. Vous savez, ici, si une chose naturelle ne se fait pas, les hommes aiment mieux ne rien savoir. Ils vivent si proches de la nature qu'ils calquent leur propre vie sur celle des animaux. Faire un enfant, ça doit être aussi simple pour une femme que pour une vache de faire son veau. Mêler les docteurs à tout ça, c'était pas son truc. Louis a eu des aventures avec d'autres femmes, il ne m'a jamais rien dit mais je l'ai deviné. Je lui ai pardonné, la seule chose que je redoutais c'était d'apprendre un jour qu'il avait eu un enfant avec une autre et qu'il m'abandonne. Pour le reste, j'ai tout accepté. Je n'ai manqué de rien. »

J'ai demandé, vous n'avez jamais songé à adopter un enfant ? « Si, m'a-t-elle répondu, mais jamais on nous en aurait confié un. On n'a jamais fait de mal à qui que ce soit, bien au contraire. Mais vis-à-vis de la loi, vous êtes bien placé pour savoir que nous ne sommes pas des gens respectables. Louis a fait trois mois de prison pour être tombé sur un gendarme peu compréhensif…

Un enfant ici, il n'aurait pas été malheureux…
C'est la vie… On ne choisit pas… C'est comme
ça, chacun son destin ! »

Ce qui m'intriguait, c'est qu'elle n'ait pas pu
le convaincre de changer de vie. Ils s'aimaient.
Il avait pour elle une véritable admiration. Ils
formaient un couple peu conventionnel dans ce
milieu. Je l'ai interrogée à ce sujet. « Je le savais
en l'épousant, m'a-t-elle répondu. C'est aussi une
des raisons de notre entente. Il a choisi une vie
pas ordinaire. Il a bien des qualités. Il l'a dit cent
fois : « j'ai fait mourir mes parents ». Son père et
sa mère n'approuvaient pas.

Son père était un paysan, digne, vertueux,
droit. Sa mère vénérable. Ils étaient besogneux,
courageux. Ils n'ont eu qu'un seul fils. Ils exploi-
taient une toute petite ferme, près d'ici, juste
quelques hectares. Ils tiraient la corde comme
on dit. Ils vivaient mal. Comme pour tout le
monde ici, les pommes et les poires, donc le
cidre, le poiré, le calva constituaient une res-
source indispensable. Sa vente procurait le peu
d'argent liquide qui entrait dans les foyers. Puis,
l'État s'en est mêlé, plus il a pris, plus les difficultés ont été grandissantes. La fraude est venue
de là. Cet argent contribuait largement à payer le
fermage. Tous les paysans étaient logés à la même

enseigne. Si un pommier tombait foudroyé, on s'empressait de le remplacer, sinon c'était une perte de revenus. Rendez-vous compte, à la sortie de la guerre, avec mille litres de calva, on pouvait s'acheter une petite ferme. Tous ceux, je veux dire les gens modestes, qui se sont rendus propriétaires, n'ont pu acheter que grâce au calva. Ne croyez pas qu'on le laissait vieillir dans les fûts pour qu'il soit meilleur, non, s'il attendait, c'était le signe qu'on n'avait pas un besoin immédiat d'argent. Il garantissait l'avenir, c'était le livret de caisse d'épargne. Louis n'était pas un mauvais élève, il a eu son certificat d'études. Il aurait sans aucun doute pu continuer un peu. Il est resté travailler avec ses parents. Ses bras contre un toit. Nourri, blanchi, logé… pas d'argent. Déjà à cette époque pour un jeune de seize, dix-sept, dix-huit ans, pas un sou, c'était dur. De temps en temps, Louis faisait une journée de travail chez les autres, en plus de sa journée. Il gagnait quelques billets, par-ci par-là, c'est ainsi qu'il a pris goût à l'argent. Sans doute en avait-il cruellement manqué. C'est à ce moment, au contact des autres, qu'il a découvert qu'on pouvait en gagner, certes en prenant des risques, mais plus facilement qu'en creusant un sillon. Il a rendu des services. Il faisait des livraisons, à vélo, parfois loin. Il allait avec ses bonbonnes, ses bouteilles. Il a appris le métier en quelque sorte, il s'est constitué une clientèle. Rendez-vous compte, il allait à Elbeuf, à Évreux, Le Havre, Rouen, Le Mans… Il prenait le train avant d'avoir sa propre voiture. Juste après guerre, il y avait une grosse demande. Avec la reconstruction, les usines faisaient le plein. La mécanisation arrivait dans les campagnes. Les ruraux partaient vers les villes, ils contribuaient à faire tourner les chaînes des usines. Ils n'avaient pas les mêmes habitudes, les mêmes traditions que le milieu ouvrier. Ils ne buvaient pratiquement pas de vin. Pas dans cette région. Ils voulaient du calva, de la goutte. À l'époque, on n'en manquait pas. Pourtant, on commençait à arracher, ou plus exactement on cessait de planter. Avec la mécanisation, les pommiers gênaient pour les travaux. On cherchait à rentabiliser les fermes par d'autres productions, le blé, le maïs… Avant, on ramassait les fruits à la main. Les travaux agricoles d'une année étaient harmonieusement répartis. À chaque saison, à chaque mois des tâches… En septembre, en octobre, au moment du ramassage des pommes et des poires, on s'est trouvé contraint de faire l'ensilage du maïs. Les pommes, on a trouvé des machines pour les ramasser, pas pour les poires, elles ont commencé de rester dans les prés. Voyez la route, là-haut, elle dessert trois fermes, elles produisaient, au bas mot, 30 000 litres chacune par an. Aujourd'hui, il n'y en a plus qu'une qui ne produit plus que 3 000 litres. Le patron arrive à un âge où l'on a guère à espérer. Après lui, ce sera fini. Louis était toujours sur les routes. Il travaillait au moins autant que dans sa famille. Quand on s'est mariés, ses parents nous ont laissé la ferme, enfin, ce n'était pas leur propriété. Nous avons repris le fermage. Ils étaient trop vertueux pour trouver les moyens de l'acheter. Toute une vie de labeur pour n'avoir rien à la fin. Louis, ça le révoltait. En nous installant, ils espéraient que Louis se rangerait, qu'il s'établirait. Louis, l'argent lui filait entre les doigts. On est allés s'installer, mais il a continué son commerce. »

Elle ne semblait pas avoir souffert d'avoir quitté la ville. « Au début, ce fut un peu difficile. Dès qu'on a eu trois sous, Louis m'a acheté un café. Il n'était jamais là. Il était jaloux. Ça ne lui plaisait pas trop de me savoir entourée par des hommes. On l'a vite vendu. Alors, je me suis occupée de la ferme. J'ai toujours aimé les animaux. On a mis tout notre argent dans le troupeau, les chevaux. Voyez ici, il n'y a aucun luxe... »

15

Jusqu'à ce moment, j'avais vu l'un et l'autre séparément.

J'invitai Louis et Fabien, à déjeuner.

Je les conviai à la campagne, dans les Alpes mancelles, à Saint-Céneri, dans un cadre propice à la détente, sans aucune pression d'horaires, dans un climat qui incite aux confidences.

J'approchais du terme de mon enquête. De cette confrontation amicale, quelques zones encore dans l'ombre, pourraient s'éclaircir. Du moins je l'espérais. Ils furent heureux de se retrouver dans ces circonstances. L'un veuf, Linette ayant quitté prématurément Louis, l'autre divorcé, son épouse n'ayant pas supporté ses absences, ils étaient disponibles, toutes armes abandonnées aux vestiaires, depuis longtemps.

Louis, depuis le décès de Linette, avait levé le pied. Fabien n'exerçait plus de responsabilités dans ce domaine. On était dans le temps de la paix, de l'amitié, des confidences mutuelles. Les relations étaient cordiales, franches. Aucun n'imaginait l'autre capable d'utiliser la moindre révélation contre lui. Ce repas était l'occasion d'une dernière explication. Très vite, la convivialité s'installa et je pus engager la discussion sur les points qui continuaient à m'intriguer.

J'entrai dans le vif du sujet :

– Louis, dès que l'on m'a parlé de vous, on vous a présenté comment dire… comme un banquier plus que comme un paysan, expliquez-moi un peu ça.

– Je prêtais à l'occasion, j'aidais…

– Cela n'avait rien d'officiel, comment teniez-vous vos comptes ?

Comme s'il s'était attendu à ma question, qu'il ait anticipé, Louis sortit un carnet de la poche de son veston. Une vieille couverture cartonnée, épaisse, noire, aux coins écornés, le carnet tenait fermé par l'entremise d'un gros élastique. Avant de l'ouvrir, tel un trophée, il le brandit.

Il commenta :

– Dites-vous bien que c'est une sacrée pièce à conviction que je vous montre.

S'adressant à Fabien :

– Vous auriez bien voulu l'avoir entre les mains.

À mon intention, il ajouta :

– À part Linette, personne n'en a jamais connu le contenu. Toute ma comptabilité est là-dedans. Madame, il faut que j'aie sacrément confiance en vous, pour vous montrer cette relique qui ne m'a jamais quitté.

Fabien affichait un petit air satisfait. Nous échangeâmes un regard complice. Il m'avait aidée, aujourd'hui, peut-être grâce à moi, une énigme allait se dénouer sous nos yeux. Je lui devais bien ça.

Louis ménageait le suspense. Il mettait du temps à l'ouvrir, comme si l'élastique était une protection plus efficace qu'une combinaison de coffre-fort. Les feuillets, tant de fois manipulés, décollés de la reliure, se détachaient en paquets irréguliers. C'était un agenda périmé. 1947, puis-je lire. Il tourna les pages jusqu'à s'arrêter, hasard du feuilletage, sur celle du premier décembre. Il pointa de son index la date pour nous en signaler l'importance, nous les observateurs, puis déplaça l'extrémité de son doigt sur le nom du saint du jour : saint Éloi. Le nom était entouré d'un cercle irrégulier, tracé au crayon noir, légèrement estompé, sans doute par une encre qui avait passablement vieilli. La page était abondamment couverte de colonnes de chiffres en ordre décroissant. Plusieurs colonnes étaient totalement rayées. À l'extrémité droite de la page, une suite de chiffres étaient barrés en travers, sauf le dernier noté semblait-il. Ainsi pouvait-on lire en parcourant la colonne de haut en bas : 38 000 37 400 36 800 36 100 35 400 ainsi de suite jusqu'à arriver à 800, dernier chiffre. Qu'est-ce que cela signifiait ? Comment interpréter ces données ? Nous attendions l'explication à venir.

– C'est ainsi que je tenais, que je tiens encore mes comptes. J'ai toujours conservé le strict minimum d'indications. Depuis le premier jour, j'ai toujours utilisé la même technique. Elle ne m'a jamais trahi. Le saint du jour correspondait au second prénom de mon approvisionneur. Ainsi, par exemple, je prends celui-là, ça n'a plus guère d'importance, le pauvre bougre, il est à six pieds sous terre, à l'heure où je vous parle, et depuis un certain temps. C'était, on peut le dire, un fameux rinceur de gobelet ! À la Saint-Éloi, on trouvait l'état des accords passés entre moi et Pierre Éloi Marie O… Aussitôt qu'on s'était touché les mains, nos accords étaient scellés. Je sortais mon carnet et j'écrivais le chiffre arrêté en commun. Je m'en souviens bien, cette colonne correspond à un prêt de 700 000 francs pour finir d'installer sa nouvelle salle de traite et solder le prêt de la moissonneuse. Pierre, en contrepartie, me livrerait 38 000 litres de goutte à 70°. Toujours 70°. Point de papier, point de témoin, juste un chiffre au haut d'une page. 38 000 d'un côté. 700 000 francs en espèces sans aucune mention nulle part. À chaque livraison, je faisais une soustraction, 38 000 moins 600 litres, reste 37 400, ainsi de suite… Les emprunteurs me faisaient confiance. Ici la parole d'un homme vaut bien mieux qu'un contrat chez un notaire. »

Fabien fit la moue :

– Pas pour tous.

Louis en convint :

– C'est vrai, mais on ne fait pas affaire avec ceux-là.

Toutes les autres transactions étaient contenues dans ma mémoire. Tout dans la tête.

J'ajoutai un commentaire :

– Votre disque dur !

Cette référence n'évoqua rien pour Louis.

– Je ne sais pas ce que c'est, mais si vous voulez insinuer que j'ai la tête dure, vous êtes dans le vrai. Ma mémoire ne m'a jamais trahi. J'ai toujours connu mes stocks au décilitre près, aussi bien qu'un magasinier professionnel et sans jamais les écrire nulle part. Les rats de cave te prennent, ils saisissent, tu payes, c'est la règle. Faut pas discuter, sinon c'est les ennuis assurés. « Brebis qui bêle perd sa goulée ! » Faut surtout pas leur laisser le loisir de mettre le nez dans tes comptes, sinon t'es refait. Pas de compte écrit, pas de preuve !

Je questionnai :

– Vous receviez du calva à 70°, par quel tour de passe-passe arrivait-il chez le consommateur à… combien 45° ? Pas par souci de protéger leur santé, j'imagine !

– 70°, c'est le degré à la sortie de l'alambic. À ce moment-là, il n'est pas encore mouillé. Je garantissais à mes clients 55°. Eux le détaillaient à 45°, ainsi à chaque étape, chacun y trouvait le moyen de conforter son bénéfice. Moi, j'achetais à 15-20 francs le litre, je prenais 10 à 15 francs de frais de livraison selon la quantité et la distance. Le détaillant prélevait sa marge, 5 francs par litre, ce qui faisait qu'on trouvait, alors, sur le marché parallèle un litre de goutte entre 35 et 40 francs. Un prix correct pour le consommateur pas trop regardant sur l'origine et la qualité. Tout le monde y trouvait son compte. Un marché, honnête, équilibré, avantageux pour tous. Dans ce circuit commercial, il n'y avait guère que l'État qui ne s'y retrouvait pas, mais ça ne chagrinait pas grand monde à la vérité, sauf Fabien ! Lui, on l'a toujours eu à la bonne, mais avec ses prédécesseurs, ç'a pas toujours été le cas. Ça nous a pas empêché de le berner, lui aussi, y'a pas si longtemps encore, avant qu'il ne plie les gaules, dame oui !

– Racontez-nous, je suis certaine que Fabien meurt d'envie de savoir comment.

– Je l'ai bien souvent dit, ce qui nous perd, c'est la routine. Moi, je changeais sans cesse mes horaires de livraison. Ma Linette, elle s'était accoutumée aux sonneries du réveil à plus d'heure. Je me levais, je cassais une bonne croûte et j'allais à la grange. J'avais toujours une futaille en stock et en perce. Je préparais mes bidons, je les mouillais avec juste la quantité d'eau avant de les remplir de goutte pour obtenir 55°. C'était mécanique, je connaissais les proportions, pas besoin de perdre du temps à peser. Avant de charger, je récupérais les plaques cachées sous les poutres et je masquais l'immatriculation de la DS ou de la CX, enfin pas toujours. Des fois, il vaut mieux apparaître au grand jour, ça dépend de la livraison et de la destination. J'abaissais la banquette et je chargeais. Mais bien souvent, j'avais comme un pressentiment, alors avant de tout préparer, je faisais un petit tour en reconnaissance. Ça m'a sauvé bien des fois. Cette nuit-là, avant de mettre les fausses plaques, je me suis ravisé. Bien m'en a pris. Avant Étrigé, au sortir d'un virage, ses hommes étaient là (il désigna d'un geste Fabien). J'ai dû freiner sec pour m'arrêter à temps. J'ai pas fait le difficile et j'ai apostrophé le grand escogriffe qui me mettait sous le nez un bâton lumineux. Ma parole vous voudriez qu'on vous balance dans les prés, vous feriez pas mieux. Vous pouvez pas choisir un endroit plus mal aisé pour vos contrôles. Vous cherchez t'i l'accident ou autre chose ? C'était ton jeunot, Hugues. Toujours l'air d'un ours mal léché. Sur un ton de commandant, il m'a demandé les papiers du véhicule et mon permis, s'il vous plaît, qu'il a ajouté, tout de même. Je lui ai tout sorti et je lui ai mis la photo sous le nez. Vous me reconnaissez pas.

Il m'a fait ouvrir mon coffre comme de juste. Vous pensez que je me suis pas fait prier. Avec malice, mais il est pas facile à dérider, j'ai offert en prime d'ouvrir le capot et de démonter la banquette. Vous auriez vu sa tête. Il était marron, pensez, faut dire que j'aurai pas eu la mine réjouie si j'avais pas eu l'idée de faire un tour. Le Hugues, il avait compris que c'était foutu pour lui. Pensez, une nuit à attendre un client et faire chou blanc. Là, il s'est mis à me parler, m'avait reconnu maintenant. Il me dit :

— Monsieur Giroud, vous payez pas notre tête. Pour une fois que vous êtes blanc comme neige. Question d'horaire, trop tôt ou trop tard.

Je lui ai dit :

— Vous ne seriez pas bon pour couver, vous êtes trop chaud. Il a embrayé :

— Je ne vous demande pas ce qui vous amène à circuler avant la pointe du jour, une fascination pour la lune, je suppose.

Y se déridait, voulait faire de l'humour. J'ai répondu :

— C'est aussi bien que vous ne me le demandiez pas. Cela m'évitera de vous faire des boniments à la graisse d'oie. Et je suis parti. Pour cette fois, vous étiez chocolat. Levé pour levé, autant que ça profite aux autres. J'ai fait un tour du canton. Ne me demandez pas les adresses. J'ai toqué un coup sec contre le volet, j'ai attendu qu'une fenêtre s'entrebâille et j'ai juste glissé : restez couché, les rats de cave sont là ! Pas de commentaires, même pas merci, faut éviter de parler pour rien dire. Voyez, j'étais pas impatient comme d'aucun, ça m'a sauvé bien des fois.

– Je me suis laissée dire qu'il vous est arrivé de forcer des barrages, vous aussi.

Il hésita à répondre, marqua un temps d'arrêt.

– La fougue de la jeunesse.

– Il n'y a pas si longtemps encore… ne dites pas non, il y a prescription, n'est-ce pas Fabien ?

– Je ne sais pas ce qui m'a pris. Je l'ai longtemps regretté. Encore aujourd'hui. J'aurais jamais, au grand jamais, voulu toucher un homme. La vie, ça vaut quand même beaucoup plus que le gain d'une livraison. Y'a pas de comparaison, pas vrai ?

– Racontez-nous les circonstances !

– Ma foi, ça m'a permis de revoir Marinette, je l'avais fréquentée dans ma jeunesse. Elle a finalement mis le grappin sur le gars Pierre, garagiste de son état. Ce matin-là, quand j'ai cogné au carreau de la cuisine, la Marinette, elle faisait la vaisselle du petit déj'. Elle m'a reconnu et m'a fait signe que Pierre était déjà dans son gourbi. J'ai dû insister pour qu'elle m'ouvre. Elle comprenait pas pourquoi je tenais à entrer, c'est vrai que d'habitude, on va tout de suite à l'atelier. Elle ne s'attendait pas à ce que je veuille la voir. Il a fallu que je lui explique que je voulais pas risquer d'être vu par quelqu'un d'autre et qu'il fallait qu'elle aille me le chercher et trouve un prétexte sans lui dire que je l'attendais. Ah les bonnes femmes, font jamais rien sans savoir le pourquoi des choses, faut toujours tout expliquer ! Font perdre du temps. C'était pourtant pas le moment de discutailler. Linette, elle n'était pas comme ça, on s'entendait sur ce point. Pas trop de questions. Marinette a fini par relever son tablier qui lui tombait sur les chevilles, qu'elle était entravée comme un couple de bœufs, elle l'a coincé dans le galon, à la ceinture, et s'en est allée tout de même. Je voyais l'heure tourner. Il faisait à peine jour. Elle s'est faufilée à travers les voitures qui encombrent toute la cour, faut dire que c'est un fichu merdier son garage, mais c'est un bon mécano, le Pierre, et bien achalandé, ça dépanne. Heureusement qu'il s'est décidé à faire poser un placard publicitaire : Atelier de réparation automobile, toutes marques, Pierre Legrand, sinon, on se croirait dans une casse. À force de l'appeler, elle a fini par le faire sortir de dessous une voiture. À mon avis, elle a dû se faire enguirlander la Marinette, le gars Pierre il a du mal à s'y mettre, mais quand il est lancé, il aime pas que sa bonne femme vienne l'asticoter pour un rien. Elle lui a assez répété plus tard, quand il a été question qu'il s'occupe de mon affaire, il était en pleine urgence à finir de réparer le camion de la boulange qui l'attendait pour sa tournée, dans la matinée. Il était en retard sur son planning, bon mécano, mais pas organisé pour deux sous. Prend le travail comme ça, sans réfléchir. Se pose pas la question, comment il va le faire ? Il est capable de vous démonter un delco et de vous abandonner pour aller dépanner la voiture d'un touriste, sous prétexte qu'il y a bien longtemps qu'il n'a pas tripatouillé des soupapes comme ça. L'électronique ça va le tuer, il n'est heureux que les mains dans la graisse et le cambouis. Enfin, les boîtes automatiques ne sont pas légion encore ici, on aime jouer des pédales, pas vrai Fabien ! Le Pierre a fini par rappliquer. Quand il m'a vu, il a compris. Il en a profité pour chatouiller la Marinette.

– Tu pouvais pas dire qu'il était là, c'est quoi toutes ces simagrées !

Je sentais que tout ça allait tourner vinaigre. J'ai coupé court.

– D'abord, vous ne m'avez pas vu tous les deux. Tu entends Marinette.

Ça ne lui a pas plu, surtout que son mari en a remis une couche.

– Ne va pas parler à tort et à travers.

Elle est montée sur ses grands chevaux.

– M'accusez-vous tous les deux d'abuser du crachoir ? Ce qui vaut pour moi vaut autant pour toi. Sa langue lui va comme le cliquet d'un moulin !

Lui de répondre, il voulait pas perdre la face devant moi :

– Vas-tu te taire ? On dit que trois femmes font un marché, la mienne à elle seule fait une assemblée !

On était mal parti. J'ai à nouveau haussé le ton.

– La paix, vous deux !

Je l'ai prise par les sentiments.

– Sois gentille Marinette, ne va pas éventer la mèche, c'est tout ce que je te demande. Je risque gros.

Elle a demandé.

– D'abord, c'est quoi toutes ces cachotteries ?

J'ai expliqué.

– Y'a un couple d'heures, les rats de cave étaient postés en arrivant à Saint-Fraimbault. Je sais pas ce qui m'a pris, j'ai forcé le barrage. J'ai blessé personne. J'ai pas touché aux hommes. Dieu soit loué ! Rien que cabossé leur véhicule. Dans le choc le mien a eu son compte. Tu penses qu'ils sont en train de faire la tournée des domiciles et des garages pour vérifier l'état des carrosseries. Ils vont être tantôt ici. J'ai pas envie de tomber sur eux. Pierre a relevé sa casquette, un signe qui ne trompe pas sur son activité cérébrale du moment. Il a lâché :

– T'as forcé le barrage !

Il est toujours un peu en retard sur l'action.

– Oui, c'est une connerie!

– Que veux-tu dans ces coups de temps-là, tu réfléchis pas. Tout va vite. Tu fonces ou tu t'arrêtes. Là, j'ai foncé. Faut dire que quand je les ai vus, j'étais pas d'humeur. Le fumier!

– De qui tu parles?

– Du gars Maxime, de la brigade. Je l'ai reconnu. Quand tu penses qu'hier nous étions à la pêche ensemble. Nous ne nous étions pas donnés rendez-vous. Nous nous sommes trouvés par hasard, les pieds dans l'eau. Nous avons pêché chacun de son côté, puis nous avons partagé la musette. Nous avons bu quelques bouteilles de poiré. Nous nous sommes quittés au couchant… Il aurait quand même pu me dire un mot. Il m'aurait seulement dit, je sais pas, bonne nuit, ou dormez bien, j'aurais compris ou pas. C'était une façon de montrer qu'on était copain. Rien. Muet comme une carpe!

～

Fabien intervint:

– Je n'espérais pas une autre attitude de sa part.

– Pierre n'a pas dit autre chose. Y'a rien à attendre de ces gars-là. Ils te font croire qu'ils t'ont à la bonne puis quand il s'agit de payer, pas de cadeau. Tu casques ! Pas de rabiot ! J'ai répliqué. J'en sais quelque chose, j'ai donné y'a pas si longtemps, c'est un peu pour cette raison que j'ai foncé. J'avais cru apercevoir, dans la descente, une voiture en retrait. Ça a fait tilt. Je me suis dit, ils sont là, mais tu connais la route, c'est mal commode pour faire demi-tour.

Fabien :

– C'est justement pour cette raison qu'ils étaient là.

– Sûrement ! Bon, j'ai pas pu les éviter. J'ai tout de suite vu qu'il y avait un passage. Je me suis engouffré. Ils ne s'y attendaient pas. J'ai appuyé sur le champignon. J'ai cabossé leur voiture et la mienne. Mon pare-chocs a pris un sérieux coup et l'optique, côté passager, a volé en éclats. J'ai laissé les morceaux sur place, pas le temps de balayer. Ils sont sûrement déjà en piste. À mon avis, ils ne m'ont pas identifié, ils cherchent juste une CX avec un phare brisé, et ça ne manque pas dans le coin. Ils ont essayé de me suivre, mais je connais le coin comme ma poche.

– T'as toujours vingt ans, t'as pas changé, t'es gonflé tout de même !

– C'était Marinette qui la ramenait, mais à son ton, c'était pas un compliment qu'elle m'adressait. Bon maintenant, faut s'activer. Tu peux me trouver un pare-chocs et un phare, pas du tout neuf, faut que c'ait l'air véridique. J'ai laissé la CX à la métairie, de l'autre côté en Mayenne, c'est pas leur territoire, ça laisse un peu de temps. Le fermier m'est redevable, il a déjà commencé à démonter, il faut y retourner avec les pièces. Il faut qu'avant dix heures je sois chez moi. Marinette, va t'en voir Linette. Prends prétexte d'aller chercher un canard ou des œufs. Dis-lui que si les gendarmes me demandent qu'elle dise que je suis parti faire des courses, que j'ai dit que je serais rentré avant midi. Pendant que tu rassembles le matériel, je vais me faire raser et couper les cheveux chez Lionel. On m'aura vu et il y aura des traces. Tu me prends au passage, par-derrière, côté jardin.

— Te fais pas de bile, j'ai tout ce qu'il faut sous la main. On va les baiser.

— Je m'excuse Fabien, ce sont ses propos.

— Ils ne sauront jamais que c'est ta voiture. J'en fais mon affaire.

— De fait, ils sont venus, vous pensez bien, j'étais au nombre des suspects. Ils ont tournicoté autour, ils ont rien pu prouver.

Fabien :

– Une chance pour vous qu'on ne fasse pas appel à la police scientifique, car votre maquillage aurait été éventé à coup sûr.

– N'empêche que je m'en suis sorti, mais j'étais pas fier de moi. Je vieillis… Fut un temps où j'aurais peut-être fait le mariole…

~~~

J'étais loin d'avoir épuisé mes questions.

– Vous souvenez-vous de votre premier contrôle ?

– Que oui ! C'était bien avant que Monsieur Savignard sévisse et vous, vous n'étiez pas née… C'était en 47 ou 48, je n'ai plus la mémoire exacte de l'année, mais je me rappelle bien les faits. C'était à Vimoutiers. C'est un gendarme qui m'a fait tomber, une jeune recrue, tout juste nommé dans le coin, forcément. Les autres nous laissaient en paix, faut dire qu'on les approvisionnait. Ce jeunot, il avait l'air bien affûté, il remarque une camionnette qui sort de la cour d'un cafetier. Sur le coup, il suspecte un trafic d'essence. Il décide, en solo, de tenter sa chance. En civil, il se présente au patron, habillé comme vous et moi, et culotté comme pas deux il demande s'il peut
~~~

avoir un jerrycan. Le cafetier, pas méfiant, lui répond : j'ai une bonbonne si vous en voulez. La belle aubaine, il prend et file avec, vérifier son contenu. Là, il découvre qu'elle contient du calva. Il ne dit rien, même pas un mot à ses collègues et il revient à plusieurs reprises. Il emporte à chaque fois sa bonbonne. Arrive un jour où le cafetier lui dit : j'en ai plus, revenez dans deux jours. Tout content, il guette la livraison et patatras, il nous tombe dessus. Ses collègues ont rien pu faire pour atténuer le coup. Pas comme le jour où je me suis fait arrêter en plein centre de Paris. Je livrais, j'ai pas fait attention, j'ai pris une voie à contresens. Faut dire que la capitale je connaissais moins que Domfront. J'ai voulu entreprendre un demi-tour, mais les Parisiens ils sont moins compréhensifs que les conducteurs du bourg, alors concert de klaxons, embouteillages et voilà un flic qui rapplique. Quand il a vu le chargement, il n'en revenait pas. Il faut préciser que j'étais pas monté pour rien, chargé à ras bords. J'avais même pas dissimulé la marchandise, juste jeté une méchante couverture sur les bidons. J'étais fait comme la romaine. M'a conduit au poste, a commencé à remplir les papiers. Ses collègues arrivent, en me voyant, ils ont tout de suite compris que j'étais pas parigot.

D'où vous venez ? Sept-Forges. Alors là, surprise. Un des flics était du coin, il connaissait untel et patati et patata… Si bien que tout s'est arrangé, comme on dit, à l'amiable. Pas comme à Elbeuf, je suis tombé sur un mauvais chien. L'animal, il ne voulait rien entendre. Buté, pas arrangeant. Les autres, ils étaient compréhensifs, mais lui, intraitable. M'a gardé une journée et une nuit. S'était mis dans la tête que je lui dirais le nom de mon client. Il aurait pu me garder une semaine, ça n'aurait rien changé, c'est pas des choses qui se font, je lui répétais. Vous êtes bien placé pour le savoir, Fabien, votre alambinier, il n'a jamais parlé. Vous avez pris son alambic, fallait pas espérer plus. Enfin, cette fois, il a fallu que je fasse appel à un avocat pour me dépêtrer de ses pattes. C'était bien la première fois.

<center>~~~</center>

— Qu'est-ce que vous avez fait pour mériter un séjour au Château des Ducs ?

— C'est une autre paire de manches. Y'avait du calva en jeu, mais c'était plutôt une connerie avec une fille… des vantardises d'hommes… on en dit toujours trop, quoi ! Enfin, j'aime mieux pas en parler. J'ai fait trois mois. Notez que ça

213

s'est bien passé. J'ai vite été affecté au service général. Je traînais partout dans la prison. Bien souvent, les gardiens m'ont donné les clefs pour circuler à l'intérieur. Ils savaient que je m'échapperais pas. À quoi bon ! Ma femme venait me voir une fois par semaine, avec du ravitaillement. À cette époque, ils étaient pas trop regardants et les prisonniers pas bien dangereux.

On améliorait sérieusement l'ordinaire. C'est juste l'isolement qui vous ronge les nerfs. C'est bien la seule fois de ma vie où je me suis posé des questions. Est-ce que je ne ferais pas mieux de faire autre chose ?

– On connaît la réponse, vous avez décidé de continuer, mais pourquoi, quelle fut votre démarche ?

– Que faire d'autre ? Aller à l'usine, c'est pas beaucoup mieux que la prison, en un certain sens. Accepter de vivre très chichement sur la ferme ? On est dans l'engrenage, on joue, on gagne, on perd, on est tenté de se refaire… Vous n'avez pas connu cette époque, même vous Fabien, mais après la guerre, on passait facilement des citernes entières. 20 000 litres d'un seul coup. Y'a eu une période difficile, en 61, 62, l'OAS…, là on se tenait à carreau. On se trouvait avec vingt-cinq mitraillettes sous le nez à trois heures du mat'.

Fallait pas rigoler, les gars étaient nerveux et ils avaient la gâchette facile. Le grand trafic, à l'époque, c'était les armes. C'est ce qu'ils cherchaient. On en a fait les frais, un bout de temps. On a essayé de négocier, si bien que parfois, une fois le chargement contrôlé, ils nous laissaient filer. Y'a eu de belles courses-poursuites. Une fois, j'y ai laissé mon moteur. J'allais m'en tirer quand le moteur a explosé. Une voiture quasi neuve, 13 000 kilomètres… Pas encore rodée ! Depuis les choses se sont bien apaisées.

~~~

Fabien :

– Un peu grâce aux services de l'État, tout de même. La production est mieux contrôlée, il y a moins de trafic, encore moins de consommateurs.

– Il prêche pour sa chapelle, mais il a raison, on sera les derniers.

Fabien :

– En attendant vous en avez bien profité, y compris financièrement. Malgré quelques contrôles fiscaux, vous vous en êtes bien sorti.

– Vous oubliez le redressement que j'ai payé. Seize millions tout de même ! Ça ferait combien aujourd'hui ?
~~~

– Dans les deux millions et demi d'euros…

– Tout ça en raison des chevaux… C'était pas fondé. Des histoires de jalousie… J'ai jamais été un mordu des courses. En Normandie, la moindre ferme a des chevaux, comme ça pour le plaisir de les voir au pré. De temps en temps, ils courent. J'en ai engagé un ou deux par-ci par-là. L'un d'eux a eu le malheur de gagner une grande course. Les services me sont tombés dessus. Ils ont prétendu qu'avec les chevaux j'avais gagné cent millions. Peut-être, mais combien j'en ai perdu ? Ça compte pas pour eux. Vous savez ce qu'ils m'ont répondu. Cela prouve une chose, c'est que vous aviez les moyens de les dépenser et ils m'ont redressé d'office.

<p style="text-align:center">~~~</p>

– Justement, puisqu'on aborde des questions d'argent, j'aimerais avoir votre avis sur une estimation. Prenons un cas d'école, un fraudeur quasi professionnel, qui a fait jusqu'à dix livraisons la semaine à raison de 400 à 600 litres à chaque voyage, soit un total hebdomadaire de 4 000 à 6 000 litres. Je retiens l'hypothèse la plus basse, disons 4 000 litres. Idem pour le prix de vente (moins prix d'acquisition) disons 10 francs. Soit 10 multiplié par 4 000, égal 40 000 francs par semaine. Vous allez m'objecter que vous avez des frais, gasoil, amortissement de la voiture, etc. Soyons généreux, 5 000 francs. Le revenu net par semaine s'élève à 35 000 francs, que je multiplie par 40 semaines, accordons-lui un peu de repos et d'imprévus. Résultat net annuel, 1 400 000 francs, 215 000 euros en gros, 17 000 euros par mois, sans charges sociales, ni impôts… Pas mal !

Giroud, dont le visage était devenu très expressif, montrait son désaccord.

– C'est loin d'être d'un si bon rapport. Y'a quelques années, je ne dis pas, mais aujourd'hui, ce n'est plus le cas.

– Je ne comptais pas recueillir votre approbation totale, mais je suis certaine de ne pas être très loin de la réalité. Si je poursuis mon raisonnement sachant que la plupart font ce commerce depuis quarante ans, le résultat est impressionnant. Je n'ose vous poser la question de votre fortune. En vous observant, on a du mal à l'évaluer, à l'imaginer. Vous vivez modestement, votre train de vie est réduit au minimum, pas de signes extérieurs de richesse, pas de belles voitures, pas de… Vous donnez l'impression de n'avoir besoin de rien.

– Vous voyez que l'argent ne m'intéresse pas. Je suis juste fier de mon troupeau…

– Vous avez sans doute des terres… Vous êtes bien un Normand. Vous aimez posséder, mais n'en profitez pas. De l'argent plus ou moins caché, pas pour en jouir. Aujourd'hui, vous avez acquis de quoi vous retirer, pourquoi n'arrêtez-vous pas ?

– Je n'ai jamais su dire non. Les copains, l'amitié, et puis le jeu… Toujours cette question, est-ce qu'on va passer ? Au fond, sans eux (il désigne Fabien), notre vie n'aurait pas eu de sens.

– Le calva ne vous intéresse pas. Avec votre argent vous auriez pu acquérir des chais, vous auriez pu avoir une clientèle et vendre légalement, mais cela ne vous aurait pas intéressé.

– C'est exactement ça ! Au début, la nécessité pour vivre, puis après le côté flambeur… ça m'a permis de séduire ma femme.

– Comment l'avez-vous connue ?

– Dans un bar. Elle était serveuse. Elle avait de la classe. Elle faisait venir, à elle seule, la clientèle. En rentrant des livraisons, je m'arrêtais là. J'étais pas le seul. J'étais pas vilain garçon. J'avais de l'argent. Elle a toujours su comment je le gagnais. Elle voulait une vie différente, plus originale. Ça lui déplaisait pas de courir les risques avec moi. Ses parents étaient ouvriers. Ils auraient préféré un autre. Elle voulait sortir de son milieu. Elle, comme moi, nous savions surtout ce que l'on ne voulait pas devenir. C'est plutôt ça qui nous a guidés. Je ne voulais pas finir comme mon père et ma mère. Je leur ai fait du chagrin. Ils ont eu une vie de misère. Mes parents étaient des gens crédules. Ils croyaient, par exemple, que l'argent c'est le fruit d'un effort. Y'a des travaux qui sont d'un meilleur rapport que d'autres. Au début, j'y ai cru. Puis, j'ai constaté qu'ils se tuaient au travail et qu'ils ne gagnaient rien. Alors, je me suis posé des questions. La vie m'a appris le reste. Ceux qui mettent dans la tête des autres des grands principes, ils s'arrangent pour qu'ils ne s'appliquent pas à eux. Mes parents étaient naïfs. Moi, j'ai vite eu la révolte en moi. Eux, ils étaient plutôt du genre à tendre la joue droite quand on vous a frappé sur la gauche. Moi, j'ai pris quelques baffes, mais j'ai vite compris que ce n'était pas la solution. Ils trouvaient mon argent mal gagné et encore ils n'ont pas tout su. Ils n'ont jamais voulu que je les aide. Vous me demandiez tout à l'heure pourquoi je ne semblais pas avoir profité de mon argent. Vous savez quand on en a beaucoup manqué dans son enfance, le seul fait de savoir qu'on en a, ça rassure. Je savais que je n'aurais pas à courber le dos pour avoir le droit de vivre. Ça compte beaucoup. Pour le reste, l'argent ne donne pas tout. Est-ce qu'avec mon argent j'ai pu sauver ma Linette ? Non.

– À un moment, vous auriez pu changer de vie, partir, aller vivre au soleil, avoir une vie plus facile…

– Que voulez-vous que j'aille faire ailleurs. Ici, c'est mon pays. J'y suis bien. Linette, elle aurait bien voyagé un peu. Combien de fois je lui ai dit, va te promener. Mais ça ne lui convenait pas. Elle voulait qu'on soit ensemble. On a fait un ou deux voyages. Plus tard, je disais… Courir le monde, c'était pas mon idée. Le soleil ? Il en faut juste assez pour que les poires soient blettes, les foins secs, les blés mûrs, pas plus… Ici, on est bien. C'est un pays d'équilibre. C'est le mien. Tout est mesuré, plutôt deux fois qu'une. Tout est humain. Je me suis amusé comme un gamin. Il fallait qu'il y ait de l'argent en jeu pour donner du piquant à l'affaire. Y'en a qui disent qu'on est des voyous, des hors-la-loi… ça se discute. Peut-être bien, pas plus que d'autres. Nous, on a toujours pensé qu'on était dans notre droit. Naturellement, celui qui fait la loi, il la fait à sa main. Si on avait eu le pouvoir, on aurait décidé autrement. Ce n'était que justice que d'essayer de reprendre à l'État notre bien. Le calva, comme la truffe, le tilleul, l'olive, la lavande, participe à l'économie rurale.

Le calva nous appartient, comme nos vaches, le lait qu'elles donnent et tous les autres produits. Il est le fruit de notre terre, de notre travail, un pourboire accordé par Dame nature à celui qui prend soin d'elle. Et voilà que du jour au lendemain, parce que c'est commode, je ne sais quel Monsieur décide qu'il faut payer une redevance pour avoir simplement le droit d'exploiter son bien. Où est la justice dans tout ça ? Vous n'êtes pas d'accord avec moi ?

〰

Fabien :

– Je reconnais qu'il y a matière à discussion. J'ai quitté la brigade, cela ne me regarde plus. Louis, un conseil, arrêtez ce n'est plus de votre âge.

– Vous me voyez retraité, assis sur un banc, un couple d'heures. Je les vois quand je passe devant la maison de retraite… ce ne sont plus des vivants… des sortes d'automates. J'ai un copain qui y est. Je suis allé le voir. Il m'a donné le bourdon. Non, non, ce n'est pas pour moi. Il faut vivre jusqu'au bout, comme on a décidé. Quand on ne peut plus, y reste plus qu'à s'en aller. C'est mon seul et dernier plaisir, une petite sortie de temps à autre.

221

Fabien :

– Vous avez amassé une petite fortune, même si vous ne le reconnaîtrez pas, c'est bien naturel. Les chiffres énoncés tout à l'heure sont dans l'ordre du possible, mais peu nous importe combien. Vous avez volé l'État avec une certaine jubilation, mais que va-t-il rester de tout ça ? Vous n'avez pas d'héritier. La morale de l'histoire c'est que toute votre fortune va retourner dans l'escarcelle de l'État. J'aurais pu me dispenser de vous courir après. Le résultat aurait été le même. Ce que vous avez gagné illégalement va revenir le plus légalement dans les caisses du trésor. Avouez que votre parcours est peu banal.

– C'est vrai. Quelle farce au bout du compte !

– Et vous Fabien, dans quelles circonstances avez-vous quitté la tête de la brigade ?

– L'usure, la déception… plusieurs faits. L'affaire Bougin et le jugement qui a été rendu. Quasi blanchi. Je n'avais plus d'enthousiasme. Subitement, mon travail m'est apparu dérisoire. Vous voyez bien qu'il n'était pas essentiel de courir après Louis. À quoi bon saisir quelques litres quand vous savez pertinemment que des quantités bien plus importantes vous passent sous le nez. Jamais l'État n'a montré une réelle volonté de faire respecter la loi. « Il ressemble les Normands, il a

son dit et son dédit. Il se choque en ses discours. »
Nous servions d'alibi. J'ai longtemps sincèrement
cru à ma mission. Je m'y suis donné corps et âme.
Faire respecter la loi, c'est un objectif noble tant
qu'on croit qu'elle s'applique à tous, de la même
façon. Vous voyez, j'étais presque aussi naïf que
vos parents. Quand on commence à douter, il
vaut mieux partir. Aujourd'hui la priorité est
donnée à la fraude à la TVA. J'ai donné plus
de dix ans de ma vie, je n'ai pas vu grandir ma
fille. Ma femme m'a quitté. J'ai fini par adopter
le même style de vie que ceux que je poursuivais.
J'ai vécu dans l'ombre et j'ai obligé ma famille
à vivre de même. J'ai beaucoup perdu et je n'ai
pas rendu la société plus juste pour autant. J'ai
tout simplement entrevu une faille entre l'idée
que je m'en faisais et ce qu'elle est. Il faudra du
temps pour que je m'en remette. Ma déception
est grande.

— Vous noircissez le tableau… Vous avez été
exemplaire, vous et votre équipe. Jamais il n'y a
eu de tels résultats.

— Oui, ma plus grande satisfaction, c'est sans
doute d'avoir empêché le milieu de s'implanter
ici. On m'a donné une promotion. J'ai eu l'insigne
honneur d'échapper à une mutation, de pouvoir
rester ici. Tout est bien qui finit bien.

– Vous n'auriez pas préféré aller voir ailleurs ?

– Non, c'est ici que j'ai eu mes plus grandes joies, que j'ai connu mes plus grandes émotions. Ma fille a besoin de moi. En restant ici, je suis disponible pour elle. Elle peut me voir quand elle le souhaite. Quand je suis arrivé à Alençon, je pensais que je ne ferais qu'y passer. J'étais loin de me douter que cette ville me réserverait autant de surprises. Pourquoi reste-t-on dans une ville qui ne vous a pas vu naître ? Pourquoi finit-on par l'adopter même si elle ne vous retient pas ? Les raisons que l'on se donne se veulent rationnelles, mais la plupart du temps, elles demeurent inexplicables, impénétrables au plus clairvoyant des hommes. Le destin en a décidé ainsi, mais cela ne fait pas de moi un Normand pour autant. J'ai le sentiment que jamais je ne serai reconnu comme tel. Les Alençonnais aiment rester entre eux, même s'ils s'en défendent. Les plus audacieux d'entre eux, ceux qui bougent, ceux qui entreprennent, ceux qui investissent, ceux qui croient à l'avenir de leur territoire, si on y regarde de plus près, on constate qu'ils sont Normands comme moi, d'adoption, pas pure souche. Les Normands « historiques », si je puis dire, feraient bien de s'interroger et de réfléchir à leur attitude. Le monde a changé, ils seraient temps qu'ils s'y adaptent, qu'ils s'ouvrent un peu plus aux autres.

Louis :

– Il va falloir que je parte maintenant. Les animaux m'attendent. Venez me voir tous les deux, même si le tour est bouclé. Vous savez tout de moi maintenant. Vous avez montré de l'estime, de la compréhension, l'un et l'autre, pour nous de simples gens, chacun à votre façon, c'est si rare. Vous serez toujours le bienvenu et la bienvenue.

– Je continuerai à venir avec grand plaisir.

– Moi aussi, soyez-en certain. En me lançant dans cette enquête j'étais loin de me douter des surprises qu'elle me réserverait. J'ai découvert, grâce à vous, un monde que j'ignorais. J'ai fait la connaissance d'hommes dont je n'aurais sans doute jamais croisé le chemin. Que restera-t-il de tout ça ? Un article dans le supplément du « NY city news ». Peut-être ? Pour moi, sans aucun doute, beaucoup plus.

Épilogue

John, me voici arrivée au terme de cette enquête au pays du café-calva. Sans toi, jamais je n'aurais osé forcer la porte de ce microcosme qui m'environnait et que j'avais ignoré jusqu'à présent.

Te voilà renseigné.

J'ai joui de privilèges tout à fait exceptionnels, n'en doute pas. Je n'ai pas cédé au sensationnel. Je n'ai pas forcé le récit. Ici, nos acteurs ont tenu leur rôle, sans doublure. Hollywood et ses artifices sont loin de nous.

Pour susciter l'intérêt des médias, il eut fallu sans doute introduire dans quelques séquences, des fusillades, pour donner du piquant au récit.

Je dois à la vérité d'écrire qu'historiquement la filière normande a été marquée par quelques cadavres. Si le coup de fusil est rare, il sanctionne sans appel la trahison lorsqu'elle est établie. La tentation est forte de rendre la justice soi-même. Je n'en ai pas fait mention, car pour l'enquêteur, les faits sont loin d'être clairs. On conclut plus souvent à un accident de chasse, à un maniement imprudent d'arme, qu'à un règlement de comptes, et jamais on n'identifie avec certitude l'auteur.

La discrétion est la règle absolue. C'est pourquoi, j'ai usé de précautions. J'ai fait en sorte que les acteurs ne puissent opérer des recoupements entre les affaires évoquées. Par exemple, dans l'affaire de l'alambic saisi, j'ai ma petite idée, mais il n'est pas question que j'émette la moindre hypothèse.

L'enquête s'arrête volontairement au début des années quatre-vingt-dix. Pourquoi ne pas avoir poursuivi plus avant? Il était délicat d'évoquer les affaires les plus récentes, du reste y en a-t-il eu? Dans les années 1974-1975, la brigade de l'Orne réservait plus de trente pour cent de son temps de travail à cette fraude... Les sommes collectées annuellement oscillaient entre un et un million et demi de francs. Dès les années quatre-vingt-dix, les services n'ont plus consacré que dix pour cent de leur temps à ce secteur d'activité. Les résultats financiers traduisent cette nouvelle donne. Guère plus de deux cent et trois cent mille francs de recettes. Une question se pose: quel est le fait générateur ? La régression de la fraude ou le relâchement de la répression ?

L'administration, à juste titre, pense que les détenteurs du privilège de distillation diminuant d'année en année, frappés par la mort, de facto, les chiffres vont baisser. Certes, le conjoint survivant en bénéficie encore, mais pas ses héritiers. En 1979-1980, l'Orne comptait encore 18 000 bouilleurs de cru inscrits. Seulement 10 895 utilisèrent leur droit pour produire 2 180 hectolitres d'alcool pur. Lors de la campagne 1989-1990, les ayants droit n'étaient plus que 14 000 et seuls 7 000 distillèrent, déclarant 1 464 hectolitres. Depuis cette date, les statistiques officielles ne sont plus établies.

Ces derniers temps, la stratégie déployée par la direction des impôts semble être le silence. On ne m'a pas accueillie à bras ouverts. Ne pas communiquer, ne pas susciter d'intérêt, minimiser une pratique illégale, c'est le credo. Les fraudeurs s'accommodent fort bien de cette politique.

J'ai sollicité l'avis des fermiers producteurs de fruits, des loueurs d'alambic, des distillateurs, des fraudeurs, des contrôleurs, bref de mes informateurs.

À la question : la production du calva diminue-t-elle ? La réponse est sans ambiguïté : oui. Se livre-t-on encore à la fraude ? Oui. Dans quelle proportion ? Difficile à dire. L'administration mise sur l'assoupissement d'une génération qui fut turbulente. Le plaisir s'émousse, la forme physique fait défaut pour s'engager dans des escapades périlleuses. Les réflexes sont moins aiguisés, la vigilance moins exacerbée. (L'un d'eux s'est fait prendre le plus bêtement du monde avec son chargement. Il piquait un roupillon, sa voiture sagement rangée sur la berme.) Cependant, les services devraient se méfier. La retraite ne s'opère pas toujours sans passage de relais. Une nouvelle génération se forme, reprend la clientèle comme on le fait d'un fonds de commerce et ambitionne à son tour de faire carrière dans le négoce…

Sans doute ne fera-t-elle que perpétuer une tradition et n'égalera-t-elle jamais les exploits des aînés, en particulier de ceux de l'immédiat après-guerre. Sans doute s'agira-t-il de pratiques marginales. D'autant que les producteurs sont devenus de véritables chefs d'entreprise. Ils ont fait le ménage et assaini la profession.

Le temps n'est plus à la prise quotidienne d'alcool fort. Désormais la consommation plaisir est privilégiée. La filière communique habilement pour assurer la promotion de ses produits, qui bénéficient de la nouvelle mode : retour au terroir et à la nature.

Pour contrer le handicap du degré d'alcool, elle a, par exemple, mis au point avec le concours des meilleurs barmen (de Deauville et autres bars prestigieux de la région), des cocktails à base de calvados, associant jus de fruits et autres saveurs.

Ces heureuses initiatives donnent une nouvelle jeunesse à des productions dont le marché se rétrécit d'année en année.

Il est temps que cette enquête s'achève. Malgré la discrétion dont j'ai fait preuve, des fuites se sont produites. Depuis quelques jours les témoignages se multiplient. J'avais laissé, volontairement, de côté les petites histoires qui circulent dans les familles. Bien réelles pourtant !

Avant-hier, c'est une femme qui témoignait. Son père, ancien bouilleur de cru, installait sa bouillotte dans les cours de ferme. Lors de contrôles inopinés, il devait faire disparaître précipitamment les surplus de production. Il lui arrivait de déverser alors l'alcool dans la mare et disait le soir en famille autour de la table du dîner, devant sa jeune fille qui ne comprenait sans doute pas le sens profond de son expression : aujourd'hui y'a des canards qui ont marché de traviole !

Hier, c'est un commerçant qui m'entraînait, avec des airs de conspiration, dans un coin discret de sa boutique et me chuchotait à l'oreille : vous savez, un homme vient m'en proposer à la boutique. Il passe de temps en temps. Il a, au fond de son cabas, quelques bouteilles qu'il dissimule sous des paquets de café.

Sociologues et ethnologues ont là un vaste champ d'observation.

Ta question était : quid de la fraude ? Mythe ou réalité ?

Je crois que tu as la réponse.

∽

Maintenant que j'ai satisfait à tes exigences, pourquoi ne viendrais-tu pas ? Jamais aucune description ne remplacera une visite des lieux, une rencontre humaine.

Ces femmes, ces hommes qui nous ont accompagnés durant ces pages, ils existent, ils t'attendent. Ce ne sont pas des personnages de roman.

John, il te faut connaître la Normandie, celle des haras, des prairies sages, des pommiers en fleurs, mais aussi celle que l'on ne voit pas de la route nationale, celle qui prend prétexte du vent pour s'abriter derrière des haies.

Viens déambuler dans les venelles d'Alençon. N'hésite pas à franchir les porches, ose un regard dans les cours, flâne le long de la Sarthe. Tu ne seras pas agressé par l'exubérance des citadins des villes écrasées de soleil. Les habitants, la cité, sont à l'image de leur fleuron : « le point d'Alençon ». Cette dentelle d'exception, connue et admirée dans le monde entier, ne s'accommode pas d'un coup d'œil hâtif.

Quand le touriste pressé et distrait ne voit qu'une pièce de dentelle, le visiteur curieux, l'observateur attentif, l'esthète, reconnaissent un pur chef-d'œuvre, né de la dextérité des mains de femmes au savoir-faire rare, à la ténacité certaine, capables d'un labeur patient.

Ici, la beauté n'est pas racoleuse, elle ne s'affiche pas, il faut aller à sa rencontre. Ici, on a le regard méfiant par nature. On ne s'emballe pas pour tout et rien. L'horloge de l'hôtel de ville a beau sonner les quarts, demies et les heures, ce n'est pas demain qu'elle supplantera la cloche de Notre-Dame qui rythme la vie quotidienne de la cité des Ducs.

Tandis que sainte Thérèse assure la continuité d'une vie de l'esprit, les dentellières préservent la dimension artistique, ce qui somme toute épargne la métropole de trivialités par trop communes.

J'ai rejoint ma chère Touraine, pour quelques jours, d'où je t'enverrai ces dernières lignes. À quelques mètres de moi, en léger contrebas, la Loire s'étire avec une nonchalance que lui envierait le Mississipi. Son étiage est si bas que les piquets de bois qui marquent depuis des siècles un ancien gué, ne sont plus immergés et sèchent à l'air libre. Me croiras-tu, John, si je t'écris que depuis deux nuits, dès que le couchant est installé, le son d'une trompette vient troubler l'atmosphère paisible. Je devine que l'interprète a choisi de s'installer de préférence sous cette arche du pont, pour son isolement et sa résonance. Nul doute qu'il goûte la quiétude et la beauté du fleuve dans lequel se baigne, sans pudeur, la lune. De mon jardin, observatoire privilégié, je scrute et j'écoute… À croire qu'il connaît mes goûts. « So What », « Yesterdays », version Miles Davis.

Les solos du kid me reviennent en mémoire… Demain, s'il est à nouveau au rendez-vous, j'irai m'asseoir sur le rivage, juste assez près de lui pour le deviner, pas trop pour ne pas rompre son intimité.

Postface

Lorsque Normandie connexion *est paru, les premiers jours, mon éditeur et moi, nous n'étions pas sereins. Comment le livre allait-il être reçu ?*

Les précédents ne jouaient pas en notre faveur.

Un premier livre, sur ce sujet, fut en son temps interdit. Le film, de Maurice Labro, le seul sur ce thème, réalisé en 1962, d'après un roman de Jean Amila alias Jean Meckert : Jusqu'à plus soif, *fut vite retiré des écrans (censuré semble-t-il ?) et demeurait toujours introuvable, quand j'ai débuté ma recherche.*

Les spectateurs, qui avaient pu assister aux rares diffusions, lors de sa sortie, en Normandie, avaient des avis très partagés. J'ai rencontré des personnes qui ont participé au tournage, la plupart comme figurants, certains m'ont parlé de leurs parents, de leurs frères qui jouaient dans le film. On m'interrogeait, pourrait-on le revoir ? J'avais cherché, mais à cette époque toutes les pistes se terminaient en impasse. Récemment, un ami m'a fait parvenir un DVD et j'ai pu le visionner.

Le générique comporte les précautions d'usage… sur les ressemblances, précise que les noms propres, les noms de lieux ont été modifiés, etc., mais une mention inhabituelle apparaît à la suite : « les faits reflètent malheureusement la plus navrante réalité… ».

Après l'avoir regardé, je comprends mieux, ce qui a pu choquer. Ce film présente malgré tout un intérêt mémoriel. Il faut le replacer à l'évidence dans le contexte.

J'avais conscience, que le coup de projecteur que je portais, sur cette économie souterraine, pouvait être mal accueilli.

J'avais pris toutes les précautions d'usage concernant les faits relatés. Ma documentation était étayée de pièces incontestables. Les témoignages recueillis avaient, presque tous, fait l'objet d'un enregistrement audio. J'avais été bluffée par cette confiance qui m'obligeait.

Se laisser enregistrer tout de même ! Sur les conseils de mes informateurs, j'avais mis sous protection mes dossiers, loin de mon domicile.

Avant la publication, j'avais fait lire le manuscrit aux protagonistes pour ne rien laisser échapper.

Nuire à quelqu'un n'était pas mon objet.

La qualité de mes interlocuteurs, leur implication pouvaient laisser croire que j'en savais plus, que je ne livrais pas tout. L'affaire de l'alambic clandestin n'avait jamais été totalement élucidée. Il fallait se prémunir de tout règlement de comptes.

Ce qui me préoccupait, c'était que quelqu'un puisse se sentir trahi, blessé.

Il n'en fut rien. La parole s'en trouva libérée au sein des familles. Du coup, la disparition durant quelques mois du grand-père, du père, pour des raisons dissimulées même au proche entourage, pouvait apparaître au grand jour. Il n'y avait plus de honte à avouer une condamnation, d'autant que le voisinage n'avait pas été épargné. Ce qui fut apprécié, c'est la restitution du contexte.

Sans faire de reproches aux auteurs qui m'ont précédée, ce qui a choqué dans leur approche pour ce que j'en sais, c'est de s'en tenir à la caricature, de se limiter aux anecdotes, d'amplifier des situations déjà suffisamment épiques.

J'avais évité cet écueil, pourtant je ne manquais pas de matière :

– le tocsin qu'on sonnait dans le village pour avertir de l'arrivée des contrôleurs ;

– la soutane du curé avec des poches, amples, dissimulées, propres à y glisser quelques bouteilles ;

– la grand-mère, quasi impotente, installée sur le siège arrière de la 2 CV, avec sous le fessier quelques flacons. Quel gendarme aurait eu l'outrecuidance de lui faire quitter le véhicule !

– les gendarmes à vélo, les sacoches remplies de bouteilles ;

– les bidons de lait détournés de leur contenu habituel quand ce n'était pas des citernes entières qui circulaient ;

– le médecin, appelé en urgence pour soigner un malade dans une ferme, qui désinfectait les plaies avec la gnôle et qui ne manquait pas d'avoir quelques flacons en stock, dans son coffre de voiture, simple précaution. De l'alcool à 90° pour un usage médical, rien de répréhensible ;

– la visite au médecin qu'on réglait d'un poulet, d'une motte de beurre et de quelques breuvages ;

– le facteur qui ne distribuait pas que le courrier ;

– les véhicules aménagés, avec des caches les plus improbables...

Bref, toutes les astuces, toutes les imaginations vouées à la cause du trafic.

Bien vite nous fûmes rassurés, Normandie connexion *remplissait son office, trouvait son public.*

Nous avions décidé d'un commun accord, l'éditeur et moi, dès la version initiale de publier en format de poche, afin de le rendre très accessible, de permettre aux plus modestes de s'approprier ce document sur la mémoire de ce territoire.

Pierre, qui assurait la diffusion, recevait un accueil favorable, ne se contentant pas de visiter les librairies, mais aussi les supérettes, les boulangeries, dans les communes démunies de maisons de la presse… Normandie connexion *était présent sur les lieux du crime !*

Le vendredi 27 mars 2009, invitée sur le stand de la radio « Normandie FM », à la foire Orne expo, qui annonçait ma venue depuis plusieurs jours, je fus alertée. La standardiste avait reçu un appel d'un individu qui voulait recueillir des renseignements sur moi, avec force détails. Il fut éconduit… Le samedi il se présenta au stand et me réclama. C'était Dubourg, l'homme à la DS. Je n'étais pas encore présente. Il laissa sa carte, me menaça, dit qu'il reviendrait et annonça à la cantonade qu'il avait déjà fait interdire un livre, qu'il avait besoin de changer de voiture et que j'allais la lui payer…

Les témoins me racontèrent et montrèrent quelque inquiétude… Un gendarme, venu pour se faire dédicacer son exemplaire, qui avait participé à l'une des arrestations de Dubourg, proposa de demeurer à proximité. Il connaissait l'individu, ses sautes d'humeurs, sa violence potentielle… Je ne fus pas tourmentée outre mesure… Je n'avais jamais rencontré l'homme, c'était peut-être l'occasion de faire sa connaissance, mais je ne comptais pas aller au-delà…

Il ne reparut pas. L'affaire en resta là…

La promotion suivit son cours, me réservant des moments intenses et agréables.

Le 30 juin 2009, j'étais à quelques jours de mon départ en vacances. Quelques minutes avant midi, alors que j'étais au bureau, la sonnerie du téléphone retentit.

Pierre, mon éditeur m'appelait. « Je viens d'avoir la visite d'un huissier. Nous sommes assignés en référé, l'un et l'autre, au tribunal de Lisieux le 9 juillet prochain. Dubourg demande le retrait immédiat de la vente du livre… »

J'étais sous le coup de cette annonce.

Ma première réaction fut de m'adresser des reproches. J'avais commis des erreurs… Pourtant j'avais pris bien des précautions pour éviter de céder au folklore, au scandale, à la mise en cause de témoins…

Je rejoignis sans plus attendre Pierre, pour prendre connaissance des faits reprochés.

Pour l'essentiel, une atteinte à sa vie privée. Il fallait oser, venant de la part d'un individu qui n'avait eu de cesse de tout faire pour retenir l'attention des médias.

N'empêche, j'avais laissé une faille dans laquelle il essayait de s'introduire.

J'avais mis ma documentation à l'abri, loin de chez moi. Le soir même je fis l'aller-retour (près de 200 km) pour la récupérer et je passai la nuit à tout vérifier.

Sur 189 pages, 13 évoquent l'homme à la DS. Il n'apparaît que pour indiquer que si l'homme est très médiatique, il n'est pas représentatif des fraudeurs, des passeurs. C'était l'arbre qui cachait la forêt précisément. Il jouait dans un tout autre registre.

Dubourg fondait son action sur le fait que certains passages constituaient une atteinte à sa vie privée.

« Trafiquant multicartes, chacun savait ici que Ducourt, pour peu qu'il ait une arme avec lui, était homme à s'en servir... sa réputation de caïd était en jeu... »

Les éléments de réponse ne manquaient pas, à commencer par les coupures de presse qui faisaient état de ses multiples arrestations, pour des affaires diverses (trafic d'alcool, faux billets, braquage d'une bijouterie), etc.

L'homme s'était même offert un stage, privé, en Andorre, afin de perfectionner sa technique de fabrication de pastis. Avait-il reçu un certificat « es Pastis » reconnu chez les malfrats ? Nous étions dans l'ignorance sur ce point.

Toutes ces descriptions provenaient d'articles publiés, et les faits venaient les conforter. Rien de solide.

Ce qui m'inquiétait c'était ce passage :

« Ducourt (c'est le nom de mon personnage) avait tapissé les murs de photos franchement pornographiques, cette déco particulière ne grandissait pas l'homme à nos yeux, loin de là. »

C'était lors de la scène de son arrestation dans un atelier clandestin de fabrication de pastis (sic) et la phrase était censée être prononcée par le chef de la brigade de contrôle et de recherche de la Direction des impôts, qui en faisait le récit.

Cette description n'était pas mentionnée dans la presse, qui n'avait pas été autorisée à pénétrer dans l'atelier. Je la tenais d'un témoin de son arrestation. Elle n'était pas publique.

Franchement, c'était cocasse, mais moi je n'en menais pas large. Je n'avais nullement le désir d'être condamné, même pour si peu, oserais-je dire.

Il fallut nous défendre. Dubourg escomptait se refaire financièrement avec ce procès. Il était notre meilleur agent commercial. Il se rendait dans les librairies et haranguait les clients près de la pile de livres, les incitant à l'acheter, proposant sa dédicace, et en s'auto-proclamant le héros de l'histoire, alertant, réitérant ses menaces : « ce livre, je vais le faire interdire… »

Le fond de l'affaire se trouvait là. Il aurait aimé que l'ouvrage lui fut consacré. Quelques pages seulement c'était trop peu pour son ego.

Les libraires appelaient l'éditeur pour lui conter les agissements de Dubourg.

Épique…

Après un renvoi de l'affaire, le jour « J », lors de l'audience, Pierre et notre avocat me représentèrent, je ne voulais pas devoir subir cette médiatisation. L'affluence au Palais de justice de Lisieux était inhabituelle. Assister au procès intenté par le « James Bond de la goutte », en vue de faire retirer de la vente un livre, avouez que ce n'était pas banal !

Dubourg fut décrit par son avocat « comme un petit père tranquille qui vit au fond d'un chemin dans un village perdu de l'Orne… » Il a cependant été condamné 15 fois.

J'ai encore en mémoire le récit que me firent les gendarmes qui l'arrêtèrent après son évasion, de l'hôpital psychiatrique de Domfront, en pleine nuit, en pyjama.

La justice débouta Dubourg en première instance estimant : « que l'ouvrage ne fait nullement allusion à la vie privée de Dubourg et reprend dans le cadre d'une enquête historique et romancée des faits ayant été portés à la connaissance de tous par voie de presse et dans le cadre de comptes rendus de débats judiciaires. » Par ailleurs l'assignation en référé était prescrite… et qu'il serait inéquitable de laisser à la charge de Marie-France Comte et des éditions de l'Ornal les frais exposés par eux non couverts par les dépenses pour se défendre dans le cadre d'un procès téméraire… il incombe de condamner Pierre Dubourd à leur payer chacun la somme de 750 euros… »

La justice ne lui donna pas plus de satisfaction en appel lors de l'audience du mardi 27 avril à Caen.
Ni lui, ni son avocat ne furent présents à l'audience. C'est courant dans le cas de la procédure écrite.

Évoquant la diffamation au sujet de la mention des photos pornographiques qui tapissaient les murs

*de son atelier clandestin, élément que j'avais men-
tionné, son argument fut balayé par notre avocat
qui rappela que, Dubourg s'était fait filmer quelques
jours avant le procès, par la caméra de France 3,
chez lui, offrant les mêmes éléments de décors, à
la vue de tous… une sorte d'auto-atteinte à sa vie
privée, un comble !*

*La condamnation fut confirmée et les dommages
et intérêts aggravés.*

*Pourquoi s'arrêter en si bon chemin. Il voulut se
pourvoir en Cassation…*

*Il avait demandé l'aide juridictionnelle et l'avait
obtenue.*

*Heureusement un certificat de non-pourvoi nous
fut délivré le 7 septembre 2011.*

*Dubourg ne déboursa pas un centime. Les contri-
buables prirent en charge l'aide juridictionnelle dont
il avait bénéficié en première instance et en appel
pour lancer ses attaques. Il se déclara insolvable et
nous fûmes débiteurs mon éditeur et moi des frais
engagés pour nous défendre…*

*Durant ces épisodes nous fûmes soutenus par le
public et les médias, qui suivaient le feuilleton. De
partout, je veux dire loin de la Normandie, de toute*

la France, de l'étranger, les commandes affluaient, le bouche-à-oreille, les réseaux sociaux, faisaient état de cette histoire peu banale.

« Télé matin », sur France 2, avait fait ses choux gras de cette pantalonnade mais qui cependant pouvait déboucher sur la censure d'un livre. Je vivais mal de devoir m'expliquer devant un tribunal, c'était une affaire sérieuse. J'avais du respect pour cette institution. Je n'éprouvais pas cette légèreté qui habitait Dubourg.

La presse rivalisait pour trouver des titres évocateurs :

« Un livre sur le calva interdit ? »

« Un pavé dans la mare au calva normand... passionnant... »

« Du rififi dans le calva... »

« Goutte à goutte connexion »

« Le calva ce n'est pas la mafia... »

« Y'a pas que de la pomme... »

« James Bond, la goutte... et l'écrivain... croustillant »

« Calva : au cœur du trafic... »

« Les bouteilles du mal
Assignés en référé, l'Alençonnaise Marie-France Comte et son éditeur Pierre Gautier risquent de

voir l'ouvrage Normandie connexion *interdit. Ici, quand on parle de censure on pense tout de suite à Auguste Poulet-Malassis avec* Les Fleurs du mal *de Charles Baudelaire. Le roman de Marie-France Comte est moins poétique, mais comme précédent, ça en jette, non ? »,* Ouest-France, *juillet 2009*

Jérôme Garcin lui-même, dans Le Nouvel Observateur, *consacra un papier sous le titre : « Michel Audiard, reviens ! »*

« Décidément, les éditeurs d'Alençon (Orne) ont la poisse. *Pour avoir publié* Les Fleurs du mal, *Auguste Poulet-Malassis, qui aimait les auteurs marginaux et les textes licencieux, fut condamné par la justice. Après quoi, couvert de dettes, il tâta de la prison et s'exila en Belgique. On ne souhaite pas un tel sort à un autre Alençonnais,* **Pierre-Marie Gautier,** *patron des modestes éditions de l'Ornal, qui est menacé – le procès en appel aura lieu le 27 avril, à Caen – de devoir retirer de la vente un roman paru en 2009,* Normandie connexion *(10 euros).*

L'auteur **Marie-France Comte,** *véritable taupe du Bocage, y décrit, de manière cocasse, la filière clandestine du calva, la distillation frauduleuse, le trafic de bonbonnes. Bref, une économie souterraine qui fit les beaux jours du pays des pommes et des* *poires, où les bouilleurs de cru tenaient des « **Tontons flingueurs** » s'arsouillant dans la cuisine et lâchant un mémorable "Faut reconnaître, c'est du brutal!".*

*Un personnage haut en couleur s'est reconnu dans ce roman, où il apparaît sous le nom de Ducourt, c'est **Pierre Dubourg**, ouvrier agricole et trafiquant notoire, condamné quinze fois entre 1964 et 1987. Ses actions d'éclat lui valurent le surnom de "James Bond de la goutte".*

Pour semer les gabelous, il avait en effet bricolé une DS, qui contenait 500 litres dans les ailes, *avait des plaques minéralogiques pivotantes, des phares arrière aveuglants, diffusait de la fumée noire, pulvérisait de l'huile et projetait des clous sur les vicinales. N'ayant guère apprécié d'être présenté en caïd du tord-boyaux, le doigt sur la gâchette, il demande réparation. C'est assez ubuesque de voir un malfrat du calva en appeler à la justice, un passeur de gnôle exiger qu'on interdise la circulation bocagère d'un roman alcoolisé. Le seul procès que M. Dubourg pourrait faire à Mme Comte est de lui avoir consacré quatorze petites pages, alors que son histoire mériterait un livre entier. **Michel Audiard, reviens!** »*

Je dois dire à la vérité, que je fus flattée d'être qualifiée « de taupe du bocage… ».

Merci Jérôme Garcin !

Il fallut cet appel d'un journaliste, m'informant du décès de Dubourg, pour que je replonge dans cette atmosphère.

Dernier titre de la presse, dernière médiatisation posthume :

« Le James Bond de la goutte est mort dans l'Orne… Le corps de Pierre Dubourg fut retrouvé, sans vie, dans son véhicule, sur le parking d'un hypermarché, à Domfront, le 12 mai 2022. Il semblerait, indique la procureure du tribunal d'Argentan, d'une mort naturelle qui remonterait à quelques jours, selon l'article paru dans Ouest-France. *L'autopsie n'avait pas encore livré ses conclusions au moment de la parution. »*

Toujours au conditionnel, « il semblerait qu'il n'avait plus de domicile et vivait dans sa voiture. »

À quelques jours de ses 82 ans, Dubourg disparaissait après une vie tumultueuse.

Triste fin !

Sa tentative de faire interdire Normandie connexion *fut sa dernière condamnation. Je n'aurai jamais rencontré cet homme.*

Le livre poursuivit sur sa lancée, sans autre incident majeur. Les rencontres avec le public furent l'occasion de recueillir moult témoignages et de percevoir que loin de tourner définitivement la page, on n'en avait pas fini avec le calva.

L'un me précisait que pour forcer les barrages, il remplaçait le pare-chocs, trop friable par la fixation d'un rail de chemin de fer. L'autre, garagiste, me confiait qu'il entretenait la fameuse DS. D'ailleurs au sujet des véhicules, un homme est venu m'indiquer qu'il n'y avait pas 1 mais 2 DS, ce qui permettait d'abuser les agents sur les déplacements. Je n'ai pas eu l'occasion de me le faire confirmer par Dubourg ou quelqu'un d'autre. C'est de l'ordre du possible.

Un autre me rapporta les propos d'un homme blessé dans un accident de voiture, qu'on s'apprêtait à évacuer vers un hôpital, qui n'avait de cesse de répéter : « Faut sauver la goutte ! » Il était plus préoccupé par son chargement que de préserver sa propre vie.

Lors d'un contrôle agité, près de 200 paysans alertés par le tocsin s'étaient rassemblés, le préfet vint pour apaiser et négocier. C'était courageux dans ce contexte. Il me fut rapporté qu'il dut se conformer aux usages pour engager la discussion et qu'il repartit « cuité », en oubliant sa casquette et son blouson sur place (dixit la personne ayant assuré le vestiaire...). Il avait largement donné de sa personne afin de remplir sa mission.

Parfois les témoignages relevaient d'un autre registre. Un frère et une sœur, devenus fonctionnaires (aux impôts cela ne s'invente pas !), m'assurèrent que sans les revenus de la goutte, jamais ils n'auraient pu faire des études et auraient probablement poursuivi l'activité de leur père.

Un autre s'insurgeait contre les ravages de l'alcool et me racontait que son père, marchand de grains, l'un des premiers à posséder une camionnette, qui sillonnait la campagne tous les jours, rentrait chez lui avec un demi-litre d'alcool dans les veines. Comment échapper à « l'eau chaude » (un grog à la goutte) ou au « café-calva », quand on faisait commerce dans les fermes. Conclure un marché sans trinquer, tenait de l'exploit.

Un autre fit le déplacement (de Paris vers La F...) pour me révéler que son père fut le parrain d'un réseau important, il organisa le (ou un ?) cartel du calva. Il me raconta en me fournissant moult détails.

Il fournissait l'alambic, organisait la produc-tion, s'occupait de la livraison et tenait le réseau de revente. Il maîtrisait l'ensemble de la filière. Il était propriétaire d'une entreprise de transports, ce qui lui assurait une couverture, l'activité officielle durant la journée, une autre plus obscure la nuit. La possession d'une flotte de camions offrait des facilités. Les ordres étaient formels : « si un camion se faisait arrêter pour un contrôle, les chauffeurs devaient y mettre le feu. Ne pas laisser de traces. L'omerta était la règle. »

Il avait rompu avec ce passé lourd et se tenait éloigné.

Je fus largement sollicitée, mais l'invitation la plus surprenante vint du village de Saint-Fraimbault. Classé 4 fleurs au concours des villes et villages de France, Saint-Fraimbault ne doit pas sa notoriété qu'à son fleurissement. Situé au croisement de trois départements, Orne, Sarthe et Mayenne, la commune, de 500 habitants, fut un haut lieu de transit. De là, lors d'une course-poursuite avec les gendarmes ou les « rats de cave » vous pouviez espérer raisonnablement vous échapper. Les règlements administratifs en vigueur à cette époque ne permettaient pas aux poursuivants de franchir les limites administratives de leur territoire d'affectation.

Je reçus un appel du maire de la commune. La fête annuelle, qui rassemble plusieurs milliers de visiteurs allait se tenir. Il avait songé à m'inviter, mais craignait que cela fut mal interprété par ses administrés. Alors il avait tout bonnement réuni le conseil municipal et posé la question directement : on l'invite ou pas ?

Le vote fut unanime, j'étais la bienvenue !

Je m'en souviens encore, un soleil généreux, une table dans un champ, avec un stock de livres, je ne cessais de répondre, d'écouter, de dédicacer. Près de moi, on avait installé un alambic et un maître « es alambic » qui distillait de l'eau pour montrer le processus.

« C'est bien la première fois de ma vie que je distille pareil breuvage… », me disait mon voisin, pas peu fier d'officier.

Je répondais : « c'est pour la bonne cause, c'est pédagogique ! »

Il y eut aussi ce fameux moment, qui me revient en mémoire, d'un couple d'Anglais installés dans la région, venus pour une dédicace autant que pour me conter leur trouvaille.

Il ne parlait que très peu le français, mais avait parfaitement perçu l'objet du livre. Ils me montrèrent qu'ils s'étaient parfaitement intégrés. Dans la petite maison qu'ils avaient achetée, ils avaient voulu entreprendre quelques rénovations. En cassant le plan de travail dans la cuisine, ils furent intrigués par un tuyau de cuivre dissimulé qui s'enfonçait dans le carrelage du sol. Au fur et à mesure qu'ils tentaient de le dégager, ils découvraient qu'il traversait les fondations, les murs, se prolongeait sous terre, à l'extérieur, puis comprirent qu'il poursuivait son cheminement sous la route pour aboutir dans le champ, en face de leur demeure. Que faisait ce tuyau-là ? À quoi pouvait-il servir ? Les voisins fournirent une explication. On distillait depuis la cuisine. Ils en furent très amusés. Voilà quelque chose d'original à raconter aux amis... Ce n'était sans doute pas un manoir, mais cette maison avait un passé, une histoire. Un habitat intégrant toutes les particularités locales. Le must !

Quand on évoquait la situation présente, les anciens de la brigade, moi-même, nous pensions sincèrement que le trafic était en voie de disparition, même s'il subsistait quelques îlots d'irréductibles. La production était de plus en plus encadrée, les régularisations dans l'air du temps. Une entreprise verbalisée ne s'en remettait plus. L'État avait fixé d'autres priorités, et par conséquent la pression sur le trafic d'alcool avait largement diminué, les fonctionnaires se recentrant sur la fraude à la TVA. On ne produisait plus de statistiques officielles depuis le 1ᵉʳ septembre 1989. Donc plus de chiffres pour se référer et évaluer. « Les volantes », comme on les appelait, avaient été supprimées en 1992.

Mais il y avait une situation à laquelle nous n'avions pas pensé et qui se révéla à l'occasion des discussions avec les lecteurs.

Il y a, il y avait encore une quantité conséquente de calva dans les lieux les plus inattendus.

Impossible à évaluer, mais il y en avait. Comment réapparaissait-il?

Les successions... à l'occasion d'un héritage, un grand-père décédé, dont on décidait de vendre le bien, dont on n'avait que faire, dont on était éloigné géographiquement par une carrière à Paris, ou dans une grande ville... On appelait le notaire, on lui demandait de vendre, de faire au mieux... C'est là, lors de l'inventaire qu'on retrouvait des barriques, dans une grange, ou dans quelque lieu plus isolé, plus dissimulé à la vue...

Doubles murs dans les dépendances, citernes et barriques enfouis dans le jardin, sous la terre, on allait de surprise en surprise, dès qu'on envisageait quelques rangements quelques déménagements, quelques travaux.

Ces stocks, pour la plupart, étaient sortis de la mémoire, ignorés, oubliés depuis des lustres.

Un décès sans que le propriétaire des lieux ait pu révéler l'emplacement de « son livret d'épargne », un départ à la guerre sans retour, une dissimulation aux Allemands, des explications qui disculpaient les héritiers, en apparence mais ne suspendaient pas la loi.

Du bon, disait certains! Du bien vieilli, du 50 ans d'âge, du Hors d'âge... On me montra un jour, une barrique qui contenait le breuvage depuis un siècle! Cent ans d'âge! Un notaire me rapporta avoir découvert un alambic. Il était bien embarrassé… Que faire?

Le notaire remplissait sa mission, au moins d'information de son mandant… La procédure exigeait de le déclarer, de payer les taxes, les amendes peut-être… parfois, cela représentait une somme bien supérieure au bien lui-même…Bel héritage!

Que faire? Tout cela laissait perplexe l'héritier, pas toujours au fait de la situation, ignorant de la loi, stupéfait par la présence de ce stock dont il se serait bien passé.

Les témoignages convergeaient et les portes de sorties s'avéraient compromettantes.

Il y avait ceux qui disaient, on n'a rien vu. Ceux qui se proposaient de différer la vente le temps de faire quelques cadeaux à leurs relations, leur entourage, voir d'en faire un usage immodéré, pour réduire le stock. Quand il se limite à quelques litres, c'est une alternative, mais quand les hectolitres se cumulent, c'est bien plus délicat. Ceux qui envisageaient de vider les barriques au ruisseau, ni vu ni connu, tant pis pour les atteintes à l'environnement. Ceux qui approchaient la filière des producteurs pour leur proposer un rachat à un prix défiant toute concurrence.

Ils se voyaient éconduits. Pas question de mettre en danger une entreprise saine par un écart. Ils expliquaient, de plus, que les laboratoires avaient fait d'immenses progrès dans les analyses. Trois gouttes dans une éprouvette et le verdict permettait de détecter la composition du Calvados. Entre un produit élaboré dans le chai et un produit qui provenait d'un approvisionnement sans trace, la différence était patente. L'héritier avait bien du mal à comprendre ces réticences, qui selon lui aurait permis somme toute de faire de bonnes affaires. Des conflits sont nés de ce manque de compréhension. Des familles se sont déchirées, les héritiers n'ayant pas réussi à se mettre d'accord. Il n'y avait pas d'issue de ce côté. Ceux qui échafaudaient des plans pour le rapatrier, vers une autre destination ou chez eux, ne percevaient pas qu'ils devenaient à leur tour « un passeur clandestin » propre à se faire arrêter et à répondre devant les tribunaux des infractions... Devenir soi-même fraudeur, une solution bien embarrassante. Tout cela demandait de la réflexion.

J'ai perçu le désarroi né de ces situations nouvelles. Le législateur, dans sa grande sagesse, devrait se pencher sur cette question et trouver une sortie honorable, afin de tourner la page définitivement, dans la clarté et la transparence.

Voilà les derniers éléments des débats, des rencontres, des échanges qui sont apparus après la parution de Normandie connexion.

Enfin, je dois signaler que ce roman est entré dans la collection produite par l'INA, réalisée par Jean-Pierre Vedel, « Territoire polars en Normandie », en 2013.

L'aventure est peut-être loin d'être terminée. Qui sait ?

Du même auteur

La Fabrique de frivolité, éditions de l'Ornal, mai 2013

Normandie Connexion, éditions de l'Ornal, 2009

La Belle Confiance, éditions de l'Ecir, 2007 – Roman historique sur la marine de Loire

Voyages sur la Loire – À plaisir et à gré le vent, éditons CLD, 1998 – Recherche littéraire et iconographique sur cinq siècles de voyages sur la Loire

Les Girouettes, éditions J.-C. Godefroy, 1988 – Seconde étude sur l'art des girouettes

Le Colporteur et le marinier des bords de Loire, éditions CLD, 1986 – Roman historique sur la marine de Loire, seconde partie. Prix de Littérature du Lion's Club, 1987. Publication en feuilleton dans *L'Écho de Touraine*

Tourangeau, marinier sur la Loire, éditions CLD, 1984 – Roman historique sur la marine de Loire, première partie

Chez Anépigraphe éditions

Marie-France Comte, *Tourangeau, marinier sur le Loire*, nouvelle édition, 2023

À paraître

Marie-France Comte, *Le Colporteur et le marinier des bords de Loire*, nouvelle édition, 2023

Marie-France Comte, *La Fabrique de frivolité*, nouvelle édition, 2023

Dépôt légal : octobre 2023
Imprimé par Libri Plureos GmbH
à Bad Hersfeld, Allemagne